STS

U0073325

STS

山田
STS
社

邊 玩 邊 説

旅遊日語

西村惠子　著

前言

就趁東京奧運即將到來的熱潮，現在到日本，絕對能吸引正向能量回來！
2020 年東京奧運，日本將向全球展現未來日本圖象—「超智能社會」。
顯而易見，日本一向引以為傲的科技產業，將在這次的奧運中被發揚光
大。
而現在全民已迫不及待地熱起來，民間產業更是創意大迸發，提出各種各
樣的點子，以呼應「未來之城」的主題。
走在日本街頭，光是欣賞那些善於洞察人心，易於抓住人心柔軟之處的廣
告及產品，就值回票價了。

說走就走吧！
邊玩邊說旅遊日語，
希望您走遠一些、看廣一些、體驗多一些！

本書獻給馬上想到日本，馬上想說日語的您！
只要套用句型 × 替換單字，
輕鬆開口說日語，自助旅行去哪都通！

《邊玩邊說旅遊日語》收錄各種不同旅遊情境，讓您看過就能馬上用！解
決您旅途上遇到的麻煩！除此之外，本書還收錄了日語聊天金句，讓您跟
日本人聊天，結識樂意與您交流的旅伴，絕不是夢想！

本書特色

 實用旅遊情境句型一網打盡

本書收集了 70 個以上旅遊時的狀況場景，包含食衣住行育樂等各個生活
層面，讓您在旅遊期間能邊玩邊學日
文！走到哪都超實用！

🌼 簡單句型搭配情境插圖，文法好好學

本書沒有複雜的文法，只要套用句型、替換單字，就可以舉一反三，應用在各種場面。再搭配情境插圖，學日
文不再枯燥乏味，讓您一眼就懂，一學就會！

🌸 深入日本文化的必備句型單字

本書精挑日本人常用的句型，以及日本文化相關的單字，讓您跟日本人聊天更有內涵！想來一場日本文化之旅，就從這裡開始！

🌼 日語真人發音，一開口就是標準日語！

搭配隨書附贈朗讀 CD，由正統東京腔發音的老師帶領，不只讓您的耳朵熟悉日語，一聽就懂，更讓您學習日文
的腔調發音，跟日本人寒暄，一開口就是標準日語！

《邊玩邊說旅遊日語》不只是一本旅遊會話書，也是一本探索日本文化的入門書。不只讓您學習旅遊常用的實用句型，更提供給您常用的生活日語句型以及相關日本文化的單字，讓您從語言學習中更加瞭解日本，暢玩日本更有內涵！喜歡日本文化的您、想更加深入日本文化的您，千萬不能錯過！

目錄

Part 1

日本人
天天說的句型

1 名詞＋です。

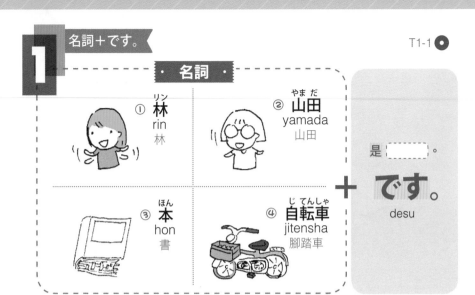

・名詞・

① リン **林**
rin
林

② やまだ **山田**
yamada
山田

③ ほん **本**
hon
書

④ じてんしゃ **自転車**
jitensha
腳踏車

是 [____] 。

＋ **です。**
desu

例句

1 たなか
田中です。
Tanaka desu
（我是田中。）

2 がくせい
学生です。
gakusee desu
（我是學生。）

2 数量＋です。

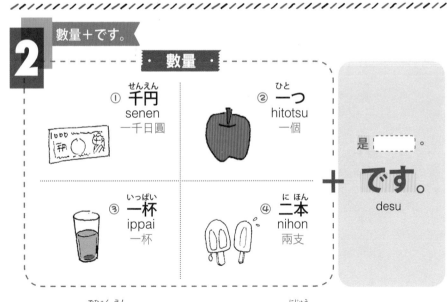

・数量・

① せんえん **千円**
senen
一千日圓

② ひと **一つ**
hitotsu
一個

③ いっぱい **一杯**
ippai
一杯

④ にほん **二本**
nihon
兩支

是 [____] 。

＋ **です。**
desu

例句

1 ごひゃく えん
500 円です。
gohyaku-en desu
（500 日圓。）

2 にじゅう
20 ドルです。
nijuu-doru desu
（20 美金。）

6

3 形容詞＋です。

・形容詞・

① 冷たい
tsumetai
冰冷

② 楽しい
tanoshii
快樂

③ 速い
hayai
快速

④ おいしい
oishii
好吃

＋ です。
desu

例句

1 高いです。
takai desu
（昂貴。）

2 寒いです。
samui desu
（寒冷。）

4 名詞＋は＋名詞＋です。

・名詞・

① 彼
kare
他

② あれ
are
那是

③ 姉
ane
姊姊

＋ は ＋
wa

・名詞・

① アメリカ人
amerika-jin
美國人

② 象
zoo
大象

③ モデル
moderu
模特兒

＋ です。
desu

是

例句

1 私は学生です。
watashi wa gakusee desu
（我是學生。）

2 これはパンです。
kore wa pan desu
（這是麵包。）

7

5 名詞＋の＋名詞＋です。

例句 1 私のかばんです。
watashi no kaban desu
（我的包包。）

例句 2 日本の車です。
nihon no kuruma desu
（日本車。）

---

6 名詞＋ですか。

例句 1 日本人ですか。
nihon-jin desuka
（是日本人嗎？）

例句 2 どなたですか。
donata desuka
（是哪一位？）

8

7 名詞＋は＋名詞＋ですか。

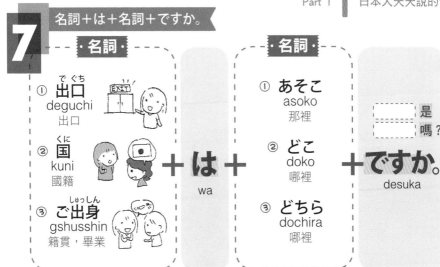

・名詞・

① 出口
でぐち
deguchi
出口

② 国
くに
kuni
國籍

③ ご出身
しゅっしん
gshusshin
籍貫，畢業

＋ は ＋
wa

・名詞・

① あそこ
asoko
那裡

② どこ
doko
哪裡

③ どちら
dochira
哪裡

＋ ですか。
desuka

□□ 是嗎？

例句 1 | トイレはあそこですか。
toire wa asoko desuka
（廁所是那裡嗎？）

2 | 駅はここですか。
えき
eki wa koko desuka
（車站是這裡嗎？）

8 名詞＋は＋形容詞＋ですか。

・名詞・

① これ
kore
這個

② 値段
ね だん
nedan
價錢

③ 部屋
へ や
heya
房間

＋ は ＋
wa

・形容詞・

① おいしい
oishii
好吃

② 高い
たか
takai
貴

③ きれい
kiree
整潔

＋ ですか。
desuka

□□ 嗎？

例句 1 | ここは痛いですか。
いた
koko wa itai desuka
（這裡痛嗎？）

2 | 駅は遠いですか。
えき　　とお
eki wa tooi desuka
（車站遠嗎？）

9 名詞＋ではありません。

・名詞・

① 川 （かわ）
kawa
河川

② 交番 （こうばん）
kooban
派出所

③ バス
basu
公車

④ 紅茶 （こうちゃ）
koocha
紅茶

不是 ＿＿＿。

＋ では
dewa
ありません。
arimasen

例句 **1** イタリア人（じん）ではありません。
itaria-jin dewa arimasen
（不是義大利人。）

2 辞書（じしょ）ではありません。
jisho dewa arimasen
（不是字典。）

10 形容詞＋ですね。

・形容詞・

① 甘い （あま）
amai
甜的

② 苦い （にが）
nigai
苦的

③ 面白い （おもしろ）
omoshiroi
有趣的

④ 便利 （べんり）
benri
方便

＿＿＿ 喔！

＋ ですね。
desune

例句 **1** 暑い（あつ）ですね。
atsui desune
（好熱喔！）

2 寒い（さむ）ですね。
samui desune
（好冷喔！）

11

・形容詞＋名詞・

① いい／天気
ii　tenki
好／天氣

② おいしい／店
oishii　mise
好吃／店

③ にぎやかな／ところ
nigiyaka na　tokoro
熱鬧的／地方

＋ですね。
desune

◯◯◯◯ 喔！

例句

1 きれいな人ですね。
kiree na hito desune
（好漂亮的人喔！）

2 楽しい旅行ですね。
tanoshii ryokoo desune
（好愉快的旅行喔！）

12

・名詞・

① 雨
ame
雨

② 雪
yuki
雪

③ 風
kaze
風

④ 台風
taifuu
颱風

＋でしょう。
deshoo

◯◯◯◯ 吧！

例句

1 晴れでしょう。
hare deshoo
（是晴天吧！）

2 曇りでしょう。
kumori deshoo
（是陰天吧！）

13 名詞（を）＋動詞＋ます。

・名詞（を）＋動詞・

① 音楽を／聞き
ongaku o　kiki
音樂／聽

② 写真を／撮り
shashin o　tori
相片／照相

③ 花が／咲き
hana ga　saki
花／開

＋ ます。
masu

　　。

例句 1 ご飯を食べます。
go-han o tabemasu
（吃飯。）

2 タバコを吸います。
tabako o suimasu
（抽煙。）

14 名詞＋から来ました。

・名詞・

① 中国
chuugoku
中國

② イギリス
igirisu
英國

③ フランス
furansu
法國

④ インド
indo
印度

＋ 從　　　來。
から
kara
来ました。
kimasita

例句 1 台湾から来ました。
taiwan kara kimashita
（從台灣來。）

2 アメリカから来ました。
amerika kara kimashita
（從美國來。）

15

名詞（を…）＋動詞＋ましょう。

・名詞（を…）＋動詞・

① 歌を歌い
uta o utai
唱歌

② テニスをし
tenisu o shi
打網球

③ 買い物に行き
kaimono ni iki
去買東西

＋ ましょう。
mashoo

____ 吧！

例句

1 ゲームをしましょう。
geemu o shimashoo
（打電動玩具吧！）

2 映画を見ましょう。
eega o mimashoo
（看電影吧！）

16

名詞＋をください。

・名詞・

① 地図
chizu
地圖

② セーター
seetaa
毛衣

③ コーヒー
koohii
咖啡

④ 寿司
shushi
壽司

給我 ____ 。

＋ を
ください。
kudasai

例句

1 ビーフをください。
biifu o kudasai
（請給我牛肉。）

2 これをください。
kore o kudasai
（給我這個。）

17

数量＋ください。

① 二枚
にまい
nimai
兩張

② 三冊
さんさつ
sansatsu
三本

③ 一個
いっこ
ikko
一個

④ 一人前
いちにんまえ
ichinin-mae
一人份

給我 ⬚ 。

＋ください。
kudasai

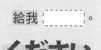

例句

1 一つください。
ひと
hitotsu kudasai
（給我一個。）

2 一山ください。
ひとやま
hitoyama kudasai
（給我一堆。）

18

名詞＋を＋数量＋ください。

· 名詞 ·

① ビール
biiru
啤酒

② タオル
taoru
毛巾

③ 刺身
さしみ
sashimi
生魚片

＋を＋
o

· 數量 ·

① 一杯
いっぱい
ippai
一杯

② 二枚
にまい
nimai
兩條

③ 二人前
ににんまえ
ninin-mae
兩人份

＋ください。
kudasai

給我 ⬚ 。

例句

1 ピザを一つください。
ひと
piza o hitotsu kudasai
（給我一個披薩。）

2 切符を二枚ください。
きっぷ　　にまい
kippu o nimai kudasai
（給我兩張車票。）

19 動詞＋ください。

・動詞・

① <ruby>待<rt>ま</rt></ruby>って
matte
等一下

② <ruby>開<rt>あ</rt></ruby>けて
akete
開

③ <ruby>見<rt>み</rt></ruby>せて
misete
給我看一下

④ <ruby>言<rt>い</rt></ruby>って
itte
説

給我 ＿＿＿＿＿。

＋ **ください。**
kudasai

例句 1
<ruby>見<rt>み</rt></ruby>せてください。
misete kudasai
（拿給我看一下。）

2
<ruby>教<rt>おし</rt></ruby>えてください。
oshiete kudasai
（請告訴我。）

20 名詞（を…）＋動詞＋ください。

・名詞（を…）＋動詞・

① <ruby>部屋<rt>へや</rt></ruby>を／<ruby>掃除<rt>そうじ</rt></ruby>して
heya o　soojishite
房間／打掃

② <ruby>右<rt>みぎ</rt></ruby>に／<ruby>曲<rt>ま</rt></ruby>がって
migi ni　magatte
向右／轉

③ <ruby>漢字<rt>かんじ</rt></ruby>で／<ruby>書<rt>か</rt></ruby>いて
kanji de　kaite
用漢字／寫

請 ＿＿＿＿＿。

＋ **ください。**
kudasai

例句 1
<ruby>部屋<rt>へや</rt></ruby>を<ruby>替<rt>か</rt></ruby>えてください。
heya o kaete kudasai
（請換房間。）

2
<ruby>警察<rt>けいさつ</rt></ruby>を<ruby>呼<rt>よ</rt></ruby>んでください。
keesatsu o yonde kudasai
（請叫警察。）

21 形容詞＋動詞＋ください。

・形容詞＋動詞・

① 短く／つめて
mijikaku tsumete
短／縮短

② 安く／売って
yasuku utte
便宜／賣

③ やさしく／説明して
yasashiku setsumeeshite
簡單／説明

請 ＿＿＿＿。
＋ **ください。**
kudasai

例句 1 早く起きてください。
hayaku okite kudasai
（趕快起床。）

2 きれいに掃除してください。
kiree ni sooji shite kudasai
（打掃乾淨。）

22 形容詞＋してください。

・形容詞・

① 明るく
akaruku
亮

② 暖かく
atatakaku
暖

③ 短く
mijikaku
短

④ きれいに
kiree ni
乾淨

請弄 ＿＿＿＿。
＋ **して**
shite
ください。
kudasai

例句 1 安くしてください。
yasuku shite kudasai
（請算便宜一點。）

2 早くしてください。
hayaku shite kudasai
（請快一點。）

23

名詞＋いくらですか。

・ 名詞 ・

① レコード
rekoodo
唱片

② イヤリング
iyaringu
耳環

③ サングラス
sangurasu
太陽眼鏡

④ ビキニ
bikini
比基尼

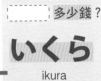

＋

_____ 多少錢？

いくら
ikura

ですか。
desuka

例句 **1**
これいくらですか。
kore ikura desuka
（這個多少錢？）

2
大人いくらですか。
otona ikura desuka
（大人需要多少錢？）

24

數量＋いくらですか。

・ 數量 ・

① 一着
ittchaku
一套

② 一台
ichidai
一台

③ 一足
issoku
一雙

④ ワンパック
wanpakku
一盒

＋

_____ 多少錢？

いくら
ikura

ですか。
desuka

例句 **1**
一ついくらですか。
hitotsu ikura desuka
（一個多少錢？）

2
一時間いくらですか。
ichijikan ikura desuka
（一個小時多少錢？）

17

25

名詞＋数量＋いくらですか。

・名詞＋数量・

① くつ／一足
kutsu issoku
鞋／一雙

② カメラ／一台
kamera ichidai
相機／一台

③ ねぎ／一束
negi hitotaba
蔥／一把

_____ 多少錢？

いくら
ikura
ですか。
desuka

＋

例句

1 | これ、一ついくらですか。
kore, hitotsu ikura desuka
（這個一個多少錢？）

2 | 刺身、一人前いくらですか。
sashimi, ichinin-mae ikura desuka
（生魚片一人份多少錢？）

26

名詞＋はありますか。

・名詞・

① ジム
jimu
健身房

② 金庫
kinko
保險箱

③ プール
puuru
游泳池

④ 衛星放送
eesee-hoosoo
衛星節目

有 _____ 嗎？

は
wa
ありますか。
arimasuka

＋

例句

1 | 新聞はありますか。
shinbun wa arimasuka
（有報紙嗎？）

2 | 席はありますか。
seki wa arimasuka
（有位子嗎？）

27

27 場所＋はありますか。

・場所・

① 映画館 eegakan 電影院

② 公園 kooen 公園

③ ホテル hoteru 飯店

④ 旅館 ryokan 旅館

有 ＿＿ 嗎？ ＋ は wa ありますか。 arimasuka

例句 1 郵便局はありますか。 yuubinkyoku wa arimasuka （有郵局嗎？）

2 銭湯はありますか。 sentoo wa arimasuka （有大眾澡堂嗎？）

28 形容詞＋名詞＋はありますか。

・形容詞＋名詞・

① 大きい／部屋 ookii heya 大／房間

② 安い／旅館 yasui ryokan 便宜／旅館

③ 黒い／ハイヒール kuroi haihiiru 黑色／高跟鞋

有 ＿＿ 嗎？ ＋ は wa ありますか。 arimasuka

例句 1 安い席はありますか。 yasui seki wa arimasuka （有便宜的位子嗎？）

2 赤いスカートはありますか。 akai sukaato wa arimasuka （有紅色的裙子嗎？）

19

29 場所＋はどこですか。

・場所・

① **デパート**
depaato
百貨公司

② **スーパー**
suupaa
超市

③ **野球場**
yakyuujoo
棒球場

④ **美容院**
biyooin
美容院

＋

[　　　] 在哪裡？

はどこ
wa doko
ですか。
desuka

例句 **1** | トイレはどこですか。
toire wa doko desuka
（廁所在哪裡？）

2 | コンビニはどこですか。
konbini wa doko desuka
（便利商店在哪裡？）

---

30 名詞＋をお願いします。

・名詞・

① **注文**
chuumon
點菜

② **両替**
ryoogae
兌換外幣

③ **ルームサービス**
ruumu-saabisu
客房服務

④ **チェックイン**
chekkuin
住宿登記

＋

麻煩 [　　　]。

をお願い
o onegai
します。
shimasu

例句 **1** | 荷物をお願いします。
nimotsu o onegai shimasu
（麻煩幫我搬行李。）

2 | お勘定をお願いします。
okanjoo o onegai shimasu
（麻煩結帳。）

31 名詞＋でお願いします。

・ 名詞 ・

① 船便
ふなびん
funabin
海運

② 小包
こづつみ
kozutsumi
包裹

③ 別々
べつべつ
betsubetsu
分開（算錢）

④ 食前
しょくぜん
shokuzen
飯前

＋

麻煩用 _____。
でお願い
ねが
de　onegai
します。
shimasu

例句

1 航空便でお願いします。
こうくうびん　　　　ねが
kookuubin de onegai shimasu
（麻煩我寄空運。）

2 カードでお願いします。
ねが
kaado de onegai shimasu
（麻煩我刷卡。）

32 場所＋までお願いします。

・ 場所 ・

① 郵便局
ゆうびんきょく
yuubinkyoku
郵局

② 映画館
えいがかん
eegakan
電影院

③ デパート
depaato
百貨公司

④ ここ
koko
這裡

＋

麻煩我到 _____。
までお願い
ねが
made　onegai
します。
shimasu

例句

1 駅までお願いします。
えき　　　　ねが
eki made onegai shimasu
（麻煩我到車站。）

2 ホテルまでお願いします。
ねが
hoteru made onegai shimasu
（麻煩我到飯店。）

33

名詞＋数量＋お願いします。

・名詞＋数量・

① スーツ／一着
suutsu　icchaku
套裝／一套

② カメラ／一台
kamera　ichidai
相機／一台

③ シャツ／一枚
sushatsu　ichimai
襯衫／一件

請給我 _____ 。

お願い
onegai

します。
shimasu

＋

例句

1 | 大人一枚お願いします。
otona ichimai onegai shimasu
（請給我成人票一張。）

2 | ビール一本お願いします。
biiru ippon onegai shimasu
（請給我一瓶啤酒。）

34

名詞＋はどうですか。

・名詞・

① ハワイ
hawai
夏威夷

② 寿司
sushi
壽司

③ おでん
oden
關東煮

④ 日曜日
nichiyoobi
星期天

_____ 如何？

はどう
wa　doo

ですか。
desuka

＋

例句

1 | 焼肉はどうですか。
yakiniku wa doo desuka
（烤肉如何？）

2 | 旅行はどうですか。
ryokoo wa doo desuka
（旅行怎麼樣？）

35 時間＋の＋名詞＋はどうですか。

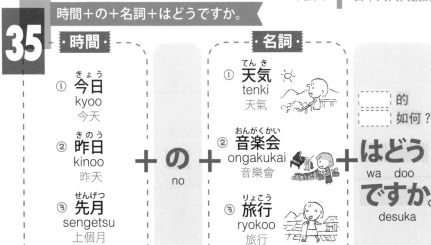

・時間・

① 今日
きょう
kyoo
今天

② 昨日
きのう
kinoo
昨天

③ 先月
せんげつ
sengetsu
上個月

＋ の ＋
no

・名詞・

① 天気
てんき
tenki
天氣

② 音楽会
おんがくかい
ongakukai
音樂會

③ 旅行
りょこう
ryokoo
旅行

＋ はどう
wa doo
ですか。
desuka

的
如何？

例句 **1** 今年の運勢はどうですか。
こ と し　うんせい
kotoshi no unsee wa doo desuka
（今年的運勢如何？）

2 昨日の試験はどうですか。
きのう　しけん
kinoo no shiken wa doo desuka
（昨天的考試如何？）

36 名詞＋がいいです。

・名詞・

① これ
kore
這個

② スイカ
suika
西瓜

③ ラーメン
raamen
拉麵

④ ジュース
juusu
果汁

我要 ____。

＋ がいい
ga ii
です。
desu

例句 **1** コーヒーがいいです。
koohii ga ii desu
（我要咖啡。）

2 てんぷらがいいです。
tenpura ga ii desu
（我要天婦羅。）

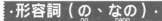

37 形容詞（の、なの）＋がいいです。

·形容詞（の、なの）·
（no　nano）

① 小_{ちい}さいの
chiisai no
小的

② 青_{あお}いの
aoi no
藍的

③ 短_{みじか}いの
mijikai no
短的

④ きれいなの
kiree na no
漂亮的

我要 _____。

+

がいい
ga　ii
です。
desu

例句 **1** 大_{おお}きいのがいいです。
ookii noga ii desu
（我要大的。）

2 便_{べん}利_りなのがいいです。
benri na noga ii desu
（我要方便的。）

38 動詞＋もいいですか。

· 動詞 ·

① 食_たべて
tabete
吃

② 座_{すわ}って
suwatte
坐

③ 触_{さわ}って
sawatte
摸

④ 聞_きいて
kiite
聽

可以 _____ 嗎？

+

もいい
mo　ii
ですか。
desuka

例句 **1** 飲_のんでもいいですか。
nondemo ii desuka
（可以喝嗎？）

2 試_し着_{ちゃく}してもいいですか。
shichaku shitemo ii desuka
（可以試穿嗎？）

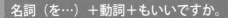

39

名詞（を…）＋動詞＋もいいですか。

・名詞（を…）＋動詞・

① 写真を／撮って
shashin o　totte
相片／照

② ここに／書いて
koko ni　kaite
在這裡／寫

③ ビールを／飲んで
biiru o　　nonde
啤酒／喝

可以 [＿＿＿] 嗎？

＋

もいい
mo　　ii
ですか。
desuka

例句

1
タバコを吸ってもいい
ですか。
tabako o suttemo ii desuka
（可以抽煙嗎？）

2
ここに座ってもいいです
か。
koko ni suwattemo ii desuka
（可以坐這裡嗎？）

40

動詞＋たいです。

・動詞・

① 遊び
asobi
玩

② 歩き
aruki
走

③ 泳ぎ
oyogi
游泳

④ 買い
kai
買

想 [＿＿＿]。

＋たいです。
tai　desu

例句

1
食べたいです。
tabe tai desu
（想吃。）

2
聞きたいです。
kiki tai desu
（想聽。）

41

場所＋まで、行きたいです。

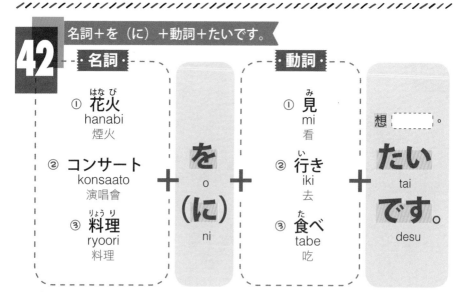

・場所・

① しんじゅく 新宿
shinjuku
新宿

② はらじゅく 原宿
harajuku
原宿

③ あおやま 青山
aoyama
青山

④ いけぶくろ 池袋
ikebukuro
池袋

我想到 ____。

まで、
made,
＋
い
行きたい
iki tai
です。
desu

例句 **1**
しぶ や えき い
渋谷駅まで行きたいです。
shibuya-eki made ikitai desu
（我想到澀谷車站。）

例句 **2**
なり た くうこう い
成田空港まで行きたいです。
narita-kuukoo made ikitai desu
（我想到成田機場。）

42

名詞＋を（に）＋動詞＋たいです。

・名詞・

① はな び 花火
hanabi
煙火

② コンサート
konsaato
演唱會

③ りょう り 料理
ryoori
料理

を
o
（に）
ni

・動詞・

① み 見
mi
看

② い 行き
iki
去

③ た 食べ
tabe
吃

想 ____。

たい
tai
です。
desu

例句 **1**
おんせん はい
温泉に入りたいです。
onsen ni hairi tai desu
（我想泡溫泉。）

例句 **2**
へ や よ やく
部屋を予約したいです。
heya o yoyaku shi tai desu
（我想預約房間。）

43

名詞＋を探しています。

・ 名詞 ・

① **ズボン**
zubon
褲子

② **スニーカー**
suniikaa
休閒鞋

③ **ネクタイ**
nekutai
領帶

④ **レコード**
rekoodo
唱片

＋

我在找 ⬚ 。

を探して
さが
o saga shite
います。
imasu

 例句

1 スカートを探しています。
sukaato o sagashite imasu
（我在找裙子。）

2 傘を探しています。
kasa o sagashite imasu
（我在找雨傘。）

44

名詞＋がほしいです。

・ 名詞 ・

① **テープ**
teepu
錄音帶

② **ビデオカメラ**
bideokamera
錄影機

③ **フィルム**
fuirumu
底片

④ **ラジオ**
rajio
收音機

＋

我要 ⬚ 。

がほしい
ga hosii
です。
desu

例句

1 靴がほしいです。
kutsu ga hoshii desu
（我想要鞋子。）

2 香水がほしいです。
koosui ga hoshii desu
（我想要香水。）

45

名詞＋が上手です。

・ 名詞 ・

① 料理
ryoori
煮菜

② バスケットボール
basukettobooru
籃球

③ 英語
eego
英語

④ 日本語
nihongo
日語

很會 ＿＿＿＿＿＿。

が上手
ga　joozu
です。
desu

例句 1 歌が上手です。
uta ga joozu desu
（很會唱歌。）

2 テニスが上手です。
tenisu ga joozu desu
（很會打網球。）

46

形容詞＋すぎます。

・ 形容詞 ・

① 低
hiku
低

② 小さ
chiisa
小

③ 速
haya
快

④ 重
omo
重

太 ＿＿＿＿＿＿。

＋すぎます。
sugimasu

例句 1 高すぎます。
taka sugimasu
（太貴。）

2 大きすぎます。
ooki sugimasu
（太大。）

47 名詞＋が好きです。

· 名詞 ·

① **テニス**
tenisu
網球

② **つり**
tsuri
釣魚

③ **ドライブ**
doraibu
兜風

④ **登山**
tozan
爬山

喜歡 ［　　］。

＋

が好き
ga suki

です。
desu

例句 **1** 漫画が好きです。
manga ga suki desu
（喜歡漫畫。）

2 ゲームが好きです。
geemu ga suki desu
（喜歡電玩。）

---

48 名詞＋に興味があります。

· 名詞 ·

① **歴史**
rekishi
歷史

② **経済**
keezai
經濟

③ **映画**
eega
電影

④ **芸術**
geejutsu
藝術

對 ［　　］感興趣。

＋

に興味が
ni kyoomi ga

あります。
arimasu

例句 **1** 音楽に興味があります。
ongaku ni kyoomi ga arimasu
（對音樂有興趣。）

2 漫画に興味があります。
manga ni kyoomi ga arimasu
（對漫畫有興趣。）

49

場所＋で＋慶典＋が あります。

T1-13

・場所・

① **青森** (あおもり)
aomori
青森

② **徳島** (とくしま)
tokushima
徳島

③ **仙台** (せんだい)
sendai
仙台

＋で＋
de

・慶典・

① **ねぶた祭** (まつり)
nebuta-matsuri
驅魔祭

② **阿波踊り** (あ わ おど)
awa-odori
阿波舞祭

③ **七夕祭** (たなばたまつり)
tanabata-matsuri
七夕祭

＋

在 □□□
有 □□□ 。

が
ga

あります。
arimasu

例句 **1** 浅草でお祭があります。(あさくさ)(まつり)
asakusa de o-matsuri ga
arimasu
（淺草有慶典。）

2 札幌で雪祭があります。(さっぽろ)(ゆきまつり)
sapporo de yuki-matsuri ga
arimasu
（札幌有雪祭。）

50

身体＋が痛いです。

・身体・

① **おなか**
onaka
肚子

② **腰** (こし)
koshi
腰

③ **ひざ**
hiza
膝蓋

④ **歯** (は)
ha
牙齒

＋

□□□ 痛。

が痛い (いた)
ga itai

です。
desu

例句 **1** 頭が痛いです。(あたま)(いた)
atama ga itai desu
（頭痛。）

2 足が痛いです。(あし)(いた)
ashi ga itai desu
（腳痛。）

51

物品＋をなくしました。

・物品・

① **チケット** chiketto 票

② **カード** kaado 信用卡

③ **パスポート** pasupooto 護照

④ **コート** kooto 外套

＋

[ ] 丟了。

をなく o　naku
しました。 shimashima

例句 **1** 財布をなくしました。
saifu o nakushimashita
（錢包丟了。）

2 カメラをなくしました。
kamera o nakushimashita
（相機丟了。）

52

場所＋に＋物品＋を忘れました。

・場所・

① **テーブルの上** teeburu no ue 桌上

② **バスルーム** basu-ruumu 浴室

＋ **に** ni ＋

・物品・

① **切符** kippu 車票

② **腕時計** ude-dokee 手錶

＋ **を忘れ** o wasure
ました。 mashita

[ ] 忘了
放在 [ ]。

例句 **1** バスにかばんを忘れました。
basu ni kabann o wasuremashita
（包包忘了放在巴士了。）

2 部屋に鍵を忘れました。
heya ni kagi o wasuremashita
（鑰匙忘了放在房間了。）

53

物品＋を盗まれました。

・ 物品 ・

① **財布**
saifu
錢包

② **カメラ**
kamera
照相機

③ **腕時計**
ude-dokee
手錶

④ **ノートパソコン**
nooto-pasokon
筆記電腦

＋

［　　　　］被偷了。

を盗まれ
o　nusumare

ました。
mashita

例句 **1** かばんを盗まれました。
kaban o nusumaremashita
（包包被偷了。）

2 現金を盗まれました。
genkin o nusumaremashita
（錢被偷了。）

54

句子＋と思っています。

・ 句子 ・

① **先生になりたい**
sensee ni naritai
想當老師

② **郊外に住みたい**
koogai ni sumitai
想住在郊外

③ **海外旅行したい**
kaigai ryokoo shitai
想到國外旅行

我想［　　　　］。

＋

と思って
to　omotte

います。
imasu

例句 **1** 日本に行きたいと思って
います。
nihon ni ikitai to omotte imasu
（我想去日本。）

2 あの人が犯人だと思って
います。
ano hito ga hanninda to omotte imasu
（我認為那個人是犯人。）

Part 2

自己
愛說的日語

1. 你好

T1-15

① おはようございます。
ohayoo gozaimasu
（早安。）

② こんにちは。
konnichiwa
（你好。）[白天]

③ こんばんは。
konbanwa
（你好。）[晚上]

④ おやすみなさい。
oyasuminasai
（晚安。）[睡前]

⑤ どうも。
doomo
（謝謝。）

2. 再見

T1-16

① さようなら。
sayoonara
（再見。）

② 失礼します。
しつれい
shitsuree shimasu
（先失陪了。）

③ それでは。
soredewa
（那麼就再見了。）

④ バイバイ。
baibai
（拜拜。）

⑤ じゃあね。
jaane
（掰囉。）

⑥ お気をつけて。
き
oki o tsukete
（路上小心。）

3. 回答

T1-17

先寒暄一下

① はい。
hai
（是。）

② はい、そうです。
hai, soo desu
（對，沒錯。）

③ わかりました。
wakarimashita
（知道了。）

④ かしこまりました。
kashikomarimashita
（了解了。）

⑤ 承知しました。
shoochi shimashita
（我了解了。）

⑥ そうですか。
soodesuka
（這樣啊！）

4. 謝謝

T1-18

① ありがとうございました。
arigatoo gozaimashita
（謝謝您了。）

② どうも。
doomo
（謝謝。）

③ すみません。
sumimasen
（不好意思。）

④ ご親切にどうもありがとう。
go-shinsetsu ni doomo arigatoo
（您真親切，謝謝。）

⑤ お世話になりました。
osewa ni narimashita
（謝謝照顧。）

⑥ どうもすみません。
doomo sumimasen
（非常感謝您。）

5. 不客氣啦

T1-19

① いいえ。
iie
（不會。）

② どういたしまして。
doo itashimashite
（不客氣。）

③ 大丈夫ですよ。
daijoobu desuyo
（不要緊。）

④ こちらこそ。
kochira koso
（我才抱歉。）

⑤ 気にしないで。
ki ni shinaide
（不要在意。）

⑥ いいえ、かまいません。
iie, kamaimasen
（哪裡，別放在心上。）

6. 真對不起

T1-20

① すみません。
sumimasen
（對不起。）

② 失礼しました。
shitsuree shimashita
（失禮了。）

③ ごめんなさい。
gomen nasai
（對不起。）

④ 申し訳ありません。
mooshiwake arimasen
（抱歉。）

⑤ ご迷惑をおかけしました。
go-meewaku o okakeshi-mashita
（給您添麻煩了。）

⑥ 大変失礼しました。
taihen shitsuree shimashita
（真對不起。）

7. 借問一下

T1-21

① すみません。
sumimasen
（不好意思。）

② ちょっといいですか。
chotto ii desuka
（可以耽誤一下嗎？）

③ ちょっとすみません。
chotto sumimasen
（打擾一下。）

④ ちょっとうかがいますが。
chotto ukagaimasuga
（請問一下。）

⑤ 旅行のことですが…。
ryokoo no koto desuga
（我想問有關旅行的事。）

⑥ あのう…。
anoo...
（請問…。）

8. 現在幾點了

T1-22

① 今は何時ですか。
ima wa nanji desuka
（現在幾點？）

② これは何ですか。
kore wa nan desuka
（這是什麼？）

③ ここはどこですか。
koko wa doko desuka
（這裡是哪裡？）

④ それはどんな本ですか。
sore wa donna hon de-suka
（那是怎麼樣的書？）

⑤ なんていう川ですか。
nante iu kawa desuka
（河川名叫什麼？）

1 我姓李

自我介紹

姓氏＋です。
我姓 ____。

・姓氏・

① 田中
tanaka
田中

② スミス
sumisu
史密斯

③ 李
ri
李

④ あり
ari
阿里

＋

です。
desu

姓氏＋と申します。
敝姓 ____。

・姓氏・

① 山田
yamada
山田

② タワー
tawaa
塔瓦

③ キム
kimu
金

④ ハリー
harii
哈力

⑤ 鈴木
suzuki
鈴木

⑥ 佐藤
satoo
佐藤

⑦ 木村
kimura
木村

＋

と申します。
to mooshimasu

例句

自我介紹

1 | はじめまして、<ruby>楊<rt>ヨウ</rt></ruby>といいます。
hajimemashite. yoo to iimasu
（你好，我姓楊。）

2 | <ruby>木村<rt>き むら</rt></ruby>です。よろしくお<ruby>願<rt>ねが</rt></ruby>いします。
kimura desu.yoroshiku onegai shimasu
（我是木村，請多指教。）

3 | こちらこそ、よろしく。
kochirakoso. yoroshiku
（我才是，請多指教。）

4 | どこからいらっしゃいましたか。
doko kara irasshaimashitaka
（您從哪裡來？）

5 | お<ruby>会<rt>あ</rt></ruby>いできてうれしいです。
oai-dekite ureshii desu
（幸會幸會！）

小小專欄　花語 – <ruby>花言葉<rt>はなこと ば</rt></ruby>（一）

① <ruby>桜<rt>さくら</rt></ruby>
sakura
（櫻花）

② ひまわり
himawari
（向日葵）

③ <ruby>朝顔<rt>あさがお</rt></ruby>
asagao
（牽牛花）

④ ツツジ
tsutsuji
（杜鵑花）

<ruby>優<rt>すぐ</rt></ruby>れた<ruby>美人<rt>び じん</rt></ruby>
sugureta bijin
（優雅的美人）

あなたを<ruby>見<rt>み</rt></ruby>つめる
anata o mitsumeru
（眼中只有你）

はかない<ruby>恋<rt>こい</rt></ruby>
hakanai koi
（短暫的戀）

<ruby>情熱<rt>じょうねつ</rt></ruby>の<ruby>愛<rt>あい</rt></ruby>
joonetsu no ai
（熱情的愛）

39

2 我從台灣來的

國名＋から来ました。

我從 ＿＿＿ 來。

・國名・

① 台湾 <ruby>台湾<rt>たいわん</rt></ruby>
taiwan
台灣

② 中國 <ruby>中國<rt>ちゅうごく</rt></ruby>
chuugoku
中國

③ 日本 <ruby>日本<rt>に ほん</rt></ruby>
nihon
日本

④ 韓国 <ruby>韓国<rt>かんこく</rt></ruby>
kankoku
韓國

⑤ ドイツ
doitsu
德國

⑥ イギリス
igirisu
英國

⑦ アメリカ
amerika
美國

⑧ ベトナム
betonamu
越南

⑨ フランス
furansu
法國

⑩ タイ
tai
泰國

⑪ インド
indo
印度

⑫ オランダ
oranda
荷蘭

⑬ スペイン
supein
西班牙

＋

から<ruby>来<rt>き</rt></ruby>ました。
kara kimashita

例句

1 お国はどちらですか。
o-kuni wa dochira desuka
（您是哪國人？）

2 私は台湾人です。
watashi wa taiwan-jin desu
（我是台灣人。）

3 私は日本大学出身です。
watashi wa nihon-daigaku shusshin desu
（我畢業於日本大學。）

4 私は、台北から来ました。
watashi wa taipee kara kimashita
（我從台北來的。）

5 あなたは。
anata wa
（你呢？）

6 私はアメリカから来ました。
watashi wa amerika kara kimashita
（我從美國來的。）

小小專欄 花語 - 花言葉(二)

① **たんぽぽ**
tanpopo
（蒲公英）

別離
betsuri
（分離）

② **バラ**
bara
（玫瑰花）

熱烈な恋
netsuretsu na koi
（熱烈的戀情）

③ **アジサイ**
ajisai
（繡球花）

浮気
uwaki
（見異思遷）

④ **チューリップ**
chuurippu
（鬱金香）

恋の宣言
koi ni senen
（宣告戀情）

自我介紹

職業＋です。

我是 ＿＿＿ 。

職業・

① しゅ ふ
主婦
shufu
主婦

② てんいん
店員
tenin
店員

③ **モデル**
moderu
模特兒

④ だいがくせい
大学生
daigakusee
大學生

⑤ オーエル
ＯＬ
ooeru
粉領族

⑥ い しゃ
医者
isha
醫生

⑦ かん ご し
看護士
kangoshi
看護人員

⑧ かいしゃいん
会社員
kaishain
上班族

⑨ せんせい
先生
sensee
老師

⑩ がくせい
学生
gakusee
學生

⑪ き しゃ
記者
kisha
記者

⑫ さっ か
作家
sakka
作家

⑬ うんてんしゅ
運転手
untenshu
司機

⑭ はいゆう
俳優
haiyuu
演員

⑮ **エンジニア**
enjinia
工程師

＋

です。
desu

42

例句

自我介紹

1 お仕事は何ですか。
o-shigoto wa nan desuka
（您從事哪種行業？）

2 日本語教師です。
nihongo kyooshi desu
（我是日語老師。）

3 貿易会社で働いています。
booeki-gaisha de hataraite imasu
（我在貿易公司工作。）

4 大学の教師です。
daigaku no kyooshi desu
（大學老師。）

5 ドラマのプロデューサーです。
dorama no puroduusaa desu
（連續劇的製作人。）

6 車会社に勤めています。
kuruma-gaisha ni tsutomete imasu
（在汽車公司上班。）

7 花屋をやっています。
hanaya o yatte imasu
（開花店。）

小小專欄

① 花火
hanabi
（煙火）

② カキ氷
kakigoori
（剉冰）

③ 浴衣
yukata
（浴衣）

④ うちわ
uchiwa
（圓扇）

⑤ 暑中お見舞い
shochuu-o-mimai
（暑間問候[的信]）

⑥ 祭り
matsuri
（慶典）

これは＋名詞＋です。

這是 ____。

介紹家人

これは
kore wa

＋

・名詞・

① 兄 ani 哥哥	② 姉 ane 姊姊	③ 妹 imooto 妹妹	④ 弟 otooto 弟弟	⑤ 祖父 sofu 祖父
⑥ 祖母 sobo 祖母	⑦ 父 chichi 父親	⑧ 母 haha 母親	⑨ 叔父 oji 伯伯、叔叔	⑩ 叔母 oba 伯母、阿姨
⑪ 私 watashi 我	⑫ 夫 otto 丈夫	⑬ 息子 musuko 兒子	⑭ 妻 tsuma 妻子	⑮ 娘 musume 女兒

＋

です。

desu

例句

1 | この人は誰ですか？
kono hito wa dare desuka

（這個人是誰？）

2 | 弟が一人います。
otooto ga hitori imasu

（我有一個弟弟。）

3 | 弟は私より二歳下です。
otooto wa watashi yori nisai shita desu

（弟弟比我小兩歲。）

4 | 私は一人っ子です。
watashi wa hitorikko desu

（我是獨生子。）

5 | 兄弟は二人います。
kyoodai wa futari imasu

（我有兩個兄弟［姊妹］。）

6 | これは、兄と姉です。
kore wa ani to ane desu

（這是我哥哥和姊姊。）

7 | 父と母です。
chichi to haha desu

（這是我父母。）

8 | これはうちの娘です。
kore wa uchi no musume desu

（這是我女兒。）

小小專欄　十二生肖 - 十二支（一）

① ね
ne
（鼠）

② うし
ushi
（牛）

③ とら
tora
（虎）

④ う
u
（兔）

⑤ たつ
tatsu
（龍）

⑥ み
mi
（蛇）

2 哥哥是賣車的

介紹家人

例句

1 兄はセールスマンです。 （哥哥是行銷員。）
ani wa seerusu-man desu

2 お兄さんの会社はどちらですか。 （你哥哥在哪家公司上班？）
onii-san no kaisha wa dochira desuka

3 ABC 自動車です。 （ABC 汽車。）
eebiishii jidoo-sha desu

4 妹さんのお仕事は。 （你妹妹從事什麼工作？）
imooto-san no oshigoto wa

5 会社で秘書をしています。 （當公司秘書。）
kaisha de hisho o shite imasu

6 フリーターです。 （打零工的。）
furiitaa desu

小小專欄 十二生肖 - 十二支 （一）

① うま
uma
（馬）

④ とり
tori
（雞）

② ひつじ
hitsuji
（羊）

⑤ いぬ
inu
（狗）

③ さる
saru
（猴）

⑥ い
i
（豬）

名詞＋の会社です。

_____ 公司。

・名詞・

① <ruby>車<rt>くるま</rt></ruby>
kuruma
汽車

② <ruby>靴<rt>くつ</rt></ruby>
kutsu
鞋子

③ <ruby>食品<rt>しょくひん</rt></ruby>
shokuhin
食品

④ ワイン
wain
葡萄酒

⑤ <ruby>機械製造<rt>きかいせいぞう</rt></ruby>
kikai-seezoo
製造機器

⑥ <ruby>薬<rt>くすり</rt></ruby>
kusuri
藥品

⑦ <ruby>旅行<rt>りょこう</rt></ruby>
ryokoo
旅行

⑧ <ruby>流通<rt>りゅうつう</rt></ruby>
ryuutsuu
通路（商品）

⑨ コンピューター
konpyuutaa
電腦

⑩ <ruby>電気機器<rt>でんききき</rt></ruby>
denki-kiki
電器機器

＋

<ruby>の会社です<rt>かいしゃ</rt></ruby>。
no kaisha desu

姉は＋形容詞＋です。

我姊姊 〔 　　　 〕。

介紹家人

あね
姉は
ane wa

＋

・形容詞・

① <ruby>明<rt>あか</rt></ruby>るい
akarui
活潑

② <ruby>少<rt>すこ</rt></ruby>し<ruby>短気<rt>たんき</rt></ruby>
sukoshi tanki
有一點性急

③ やさしい
yasashii
溫柔

④ <ruby>頑固<rt>がんこ</rt></ruby>
ganko
頑固

⑤ かわいい
kawaii
可愛

⑥ <ruby>気<rt>き</rt></ruby>が<ruby>強<rt>つよ</rt></ruby>い
ki ga tsuyoi
好強

⑦ <ruby>几帳面<rt>きちょうめん</rt></ruby>
kichoomen
一絲不苟

⑧ <ruby>陽気<rt>ようき</rt></ruby>
yooki
爽朗

⑨ <ruby>元気<rt>げんき</rt></ruby>
genki
朝氣蓬勃

⑩ おもしろい
omoshiroi
風趣

⑪ のんき
nonki
樂天、慢條斯理

＋

です。
desu

例句

1 姉はけちではありません。
ane wa kechi dewa arimasen
（姉姉不小氣。）

2 姉は友だちが多いです。
ane wa tomodachi ga ooi desu
（姉姉朋友很多。）

3 姉は彼氏がいません。
ane wa kareshi ga imasen
（姉姉沒有男朋友。）

4 姉は映画が好きです。
ane wa eega ga suki desu
（我姉姉喜歡看電影。）

5 姉はお酒を飲みます。
ane wa o-sake o nomimasu
（我姉姉會喝酒。）

6 姉は東京に住んでいます。
ane wa tookyoo ni sunde imasu
（我姉姉住在東京。）

7 姉は一人暮らしです。
ane wa hitori-gurashi desu
（我姉姉一個人住。）

 **小小專欄** 日本錢 - 日本のお金だ！

① 一円
ichi-en
（一日圓）

② 五円
go-en
（五日圓）

③ 十円
juu-en
（十日圓）

④ 五十円
gojuu-en
（五十日圓）

⑤ 百円
hyaku-en
（一百日圓）

⑥ 五百円
gohyaku-en
（五百日圓）

⑦ 千円
sen-en
（一千日圓）

⑧ 二千円
nisen-en
（兩千日圓）

⑨ 五千円
gosen-en
（五千日圓）

⑩ 一万円
ichiman-en
（一萬日圓）

1 今天真熱

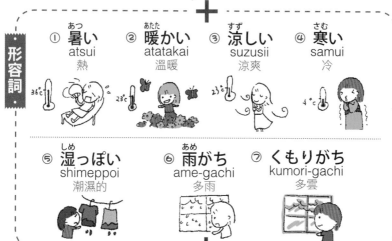

今日は＋形容詞＋ですね。

今天 ___ 。

今日は
きょう
kyoo wa

+

・形容詞・

① 暑い
　あつ
atsui
熱

② 暖かい
　あたた
atatakai
溫暖

③ 涼しい
　すず
suzusii
涼爽

④ 寒い
　さむ
samui
冷

⑤ 湿っぽい
　しめ
shimeppoi
潮濕的

⑥ 雨がち
　あめ
ame-gachi
多雨

⑦ くもりがち
kumori-gachi
多雲

+

ですね。
desuna

例句

1 今日はいい天気ですね。
きょう　　　てんき
kyoo wa ii tenki desune
（今天是好天氣。）

2 雨が降っています。
あめ　ふ
ame ga futte imasu
（正在下雨。）

3 朝は晴れていました。
あさ　は
asa wa harete imashita
（早上是晴天。）

4 雲が多いです。
くも　おお
kumo ga ooi desu
（雲層很厚。）

5 風が強いです。
かぜ　つよ
kaze ga tsuyoi desu
（風很強。）

6 午後は雨が降るそうです。
ごご　　　あめ　ふ
gogo wa ame ga furu soo desu
（據説下午好像會下雨。）

7 明日は台風が来ます。
あした　　たいふう　き
ashita wa taifu ga kimasu
（明天有颱風。）

談天氣

50

2 東京天氣如何

東京の＋四季＋はどうですか。

東京的 ⬚ 如何？

とうきょう
東京の
tookyoo no

＋

四季

① はる 春 haru 春天

② なつ 夏 natsu 夏天

③ あき 秋 aki 秋天

④ ふゆ 冬 fuyu 冬天

＋

はどうですか。
wa doo desuka

談天氣

例句

1 とうきょう なつ あつ
東京の夏は暑いです。
tookyoo no natsu wa atsui desu
（東京夏天很熱。）

2 ふゆ さむ
でも、冬は寒いです。
demo, fuyu wa samui desu
（但是冬天很冷。）

3 くに
あなたの国はどうですか。
anata no kuni wa doo desuka
（你的國家怎麼樣？）

4 わたし くに あつ
私の国は、いつも暑いです。
watashi no kuni wa itsumo atsui desu
（我的國家一直都很熱。）

5 あめ ふ
雨がたくさん降ります。
ame ga takusan furimasu
（下很多雨。）

6 ほっかいどう なつ
北海道の夏はどうですか。
hokkaidoo no natsu wa doo desuka
（北海道的夏天呢？）

7 すず
涼しいです。
suzushii desu
（很涼快。）

3 明天會下雨吧

明日は＋名詞＋でしょう。

明天會 ⬚ 吧！

明日は
ashita wa

＋

・名詞・

① **晴れ** hare
晴天

② **曇り** kumori
陰天

③ **雪** yuki
下雪

④ **雨** ame
下雨

⑤ **晴れ時々曇り** hare tokidoki kumori
晴時多雲

⑥ **曇り時々にわか雨** kumori tokidoki niwaka ame
多雲短陣雨

⑦ **晴れのち曇り** hare nochi kumori
晴後多雲

＋

でしょう。
deshoo

例句

1 明日は雨でしょう。
ashita wa ame deshoo
（明天會下雨吧！）

2 明日は一日中暖かいでしょう。
ashita wa ichinichijuu atatakai deshoo
（明天一整天都很溫暖吧！）

3 今晩の天気はどうでしょう。
konban no tenki wa doo deshoo
（今晚天氣不知道如何？）

4 今晩は、いい天気でしょう。
konban wa ii tenki deshoo
（今晚天氣不錯吧！）

5 明日も晴れですか。
ashita mo hare desuka
（明天也是晴天嗎？）

6 来週はいい天気が続くでしょう。
raishuu wa ii tenki ga tsuzuku deshoo
（下星期都會是好天氣吧！）

7 週末は暑くなるでしょう。
shuumatsu wa atsuku naru deshoo
（週末天氣會轉熱吧！）

談天氣

4 東京 8 月天氣如何

地名＋の＋月＋はどうですか。

_____ 的 _____ 如何？

地名＋の＋月

① 東京 ／ 8月
とうきょう　はちがつ
tookyoo　hachigatsu
東京 ／ 8月

② ニューヨーク ／ 9月
くがつ
nyuuyooku　kugatsu
紐約 ／ 9月

③ 北京 ／ 9月
ペキン　くがつ
pekin　kugatsu
北京 ／ 9月

④ 台北 ／ 12月
タイペイ　じゅうにがつ
taipee　juunigatsu
台北 ／ 12月

＋

はどうですか。
wa doo desuka

地名＋はどうですか。

_____ 如何？

地名

① 香港
ホンコン
honkon
香港

② ハワイ
hawai
夏威夷

③ 長野
なが の
nagano
長野

④ 秋田
あき た
akita
秋田

⑤ 函館
はこだて
hakodate
函館

⑥ 日光
にっこう
nikkoo
日光

⑦ 京都
きょう と
kyooto
京都

⑧ 奈良
な ら
nara
奈良

⑨ 大阪
おおさか
oosaka
大阪

⑩ 沖縄
おきなわ
okinawa
沖縄

＋

はどうですか。
wa doo desuka

談天氣

1 我早上吃麵包

食物＋を食べます。

吃 ⬚⬚ 。

食物

① **パン**
pan
麵包

② **お粥**
o-kayu
粥

③ **ご飯**
go-han
飯

④ **ケーキ**
keeki
蛋糕

⑤ **お饅頭**
o-manjuu
豆沙包；包子

⑥ **サラダ**
sarada
沙拉

⑦ **サンドイッチ**
sandoicchi
三明治

＋

を食べます。
o tabemasu

例句

1 朝ご飯は家で食べます。
asagohan wa ie de tabemasu
（早餐在家吃。）

2 パンとサラダを食べました。
pan to sarada o tabemashita
（吃了麵包和沙拉。）

3 時々おかゆを食べます。
tokidoki o-kayu o tabemasu
（偶爾吃粥。）

4 コーヒーだけ飲みます。
koohii dake nomimasu
（只喝咖啡。）

5 朝ご飯は食べません。
asagohan wa tabemasen
（不吃早餐。）

談健康

2 我喝果汁

T1-34 🔊

飲料＋を飲みます。

喝 _____ 。

飲料・

① 牛乳（ぎゅうにゅう）
gyuunyuu
牛奶

② ジュース
juusu
果汁

③ コーラ
koora
可樂

④ ビール
biiru
啤酒

⑤ ミネラルウォーター
mineraru-uootaa
礦泉水

⑥ 紅茶（こうちゃ）
koocha
紅茶

⑦ コーヒー
koohii
咖啡

⑧ ココア
kokoa
可可亞

＋

を飲（の）みます。
o nomimasu

談健康

例句

1 紅茶（こうちゃ）は好（す）きですか。
koocha wa suki desuka
（你喜歡喝紅茶嗎？）

2 コーヒーをブラックで飲（の）みます。
koohii o burakku de nomimasu
（喝咖啡不加牛奶跟糖。）

3 お酒（さけ）が好（す）きです。
o-sake ga suki desu
（喜歡喝酒。）

4 友達（ともだち）と一緒（いっしょ）にビールを飲（の）みます。
tomodachi to issho ni biiru o nomimasu
（和朋友一起喝啤酒。）

5 ミルクを入（い）れますか。
miruku o iremasuka
（加牛奶嗎？）

6 豆乳（とうにゅう）を飲（の）みます。
toonyuu o nomimasu
（喝豆漿。）

7 よくワインを飲（の）みます。
yoku wain o nomimasu
（常喝葡萄酒。）

3 我打網球

運動＋をしますか。

做 ＿＿＿ 嗎？

運動

① テニス
tenisu
網球

② 水泳（すいえい）
suiee
游泳

③ スキー
sukii
滑雪

④ バスケットボール
basuketto-booru
籃球

⑤ ゴルフ
gorufu
高爾夫

⑥ 野球（やきゅう）
yakyuu
棒球

⑦ サーフィン
saafin
沖浪

⑧ ピンポン
pinpon
乒乓球

⑨ サッカー
sakkaa
足球

⑩ バドミントン
badominton
羽毛球

⑪ つり
tsuri
釣魚

⑫ 登山（とざん）
tozan
爬山

⑬ ボーリング
booringu
保齡球

⑭ スケートボード
sukeeto-boodo
滑板

⑮ ジョギング
jogingu
慢跑

＋ をしますか。
o shimasuka

例句

1 週二回スポーツをします。
shuu nikai supootsu o shimasu
（一星期做兩次運動。）

2 時々ボーリングをします。
tokidoki booringu o shimasu
（有時打保齡球。）

3 よく公園を散歩します。
yoku kooen o sanpo shimashu
（常去公園散步。）

4 プールへ泳ぎに行きます。
puuru e oyogi ni ikimasu
（去游泳池游泳。）

5 毎日ジョギングをします。
mainichi jogingu o shimasu
（每天慢跑。）

6 よくテニスをします。
yoku tenisu o shimasu
（我常打網球。）

7 ゴルフはあまりしません。
gorufu wa amari shimasen
（我不常打高爾夫球。）

8 みんなで野球をしましょうか。
minna de yakyuu o shimashooka
（我們一起打棒球吧！）

9 山登りに行きたいです。
yama-nobori ni ikitai desu
（我想去爬山。）

10 今度一緒に山登りに行きましょう。
kondo issho ni yama-nobori ni ikimashoo
（下回我們一起去爬山吧！）

11 いいですね。行きましょう。
ii desune.ikimashoo
（好啊！一起去啊！）

健康談

4 假日我看電影

你假日做什麼？

Q：休みの日は何をしますか。

yasumi no hi wa nani o shimasuka

A：名詞＋を見ます。

看 _____。

A：

・名詞・

① テレビ
terebi
電視

② プロ野球
poro-yakyuu
職業棒球

③ 本
hon
書

④ 犬
inu
狗

⑤ 映画
eega
電影

⑥ 絵
e
繪畫

⑦ ビデオ
bideo
錄影帶

⑧ 日本映画
nihon-eega
日本電影

⑨ フランス映画
furansu-eega
法國電影

＋

を見ます。
o mimasu

談健康

例句

1 | 彼氏とデートします。
kareshi to deeto shimasu
（和男朋友約會。）

2 | 友達とワイワイやります。
tomodachi to waiwai yarimasu
（和朋友説説笑笑。）

3 | カラオケで歌を歌います。
karaoke de uta o utaimasu
（在卡拉 OK 唱歌。）

4 | みんなで飲みに行きます。
minna de nomi ni ikimasu
（跟大家去喝酒。）

5 | 部屋で本を読みます。
heya de hon o yomimasu
（在房間看書。）

6 | 一人で音楽を聞きます。
hitori de ongaku o kikimasu
（獨自一個人聽音樂。）

7 | 母と映画に行きます。
haha to eega ni ikimasu
（跟媽媽去看電影。）

8 | 友だちと買い物をします。
tomodachi to kaimono o shimasu
（跟朋友去買東西。）

9 | みんなで野球をします。
minna de yakyuu o shimasu
（跟大家一起打棒球。）

10 | 子どもたちと遊びます。
kodomo-tachi to asobimasu
（跟小孩們玩。）

11 | 公園で散歩をします。
kooen de sanpo o shimasu
（在公園散步。）

談健康

運動＋が好きです。

喜歡 　　　 。

・運動・

① パラグライダー
paraguraidaa
高崖跳傘

② スノーボート
sunoobooto
滑雪板

③ ウィンドサーフィン
uindo-saafin
風帆沖浪

④ サッカー
sakkaa
足球

⑤ ダンス
dansu
跳舞

⑥ エアロビクス
earo-bikusu
有氧舞蹈

⑦ 野球
yakyuu
棒球

⑧ 柔道
judoo
柔道

⑨ 水泳
suiee
游泳

⑩ 乗馬
jooba
騎馬

⑪ スキューバダイビング
sukyuuba-daibingu
浮潛

⑫ サイクリング
saikuringu
騎腳踏車

⑬ 釣り
tsuri
釣魚

⑭ 相撲
sumoo
相撲

⑮ カヌー
kanuu
獨木舟

⑯ ラフティング
rafutingu
泛舟

＋

が好きです。

ga suki desu

談嗜好

例句

1 ｜ どんなスポーツが好^すきですか。
donna supootsu ga suki desuka
（你喜歡什麼樣的運動？）

2 ｜ よく水泳^{すいえい}をします。
yoku suiee o shimasu
（我經常游泳。）

3 ｜ スポーツ観戦^{かんせん}が好^すきです。
supootsu-kansen ga suki desu
（喜歡看運動節目。）

4 ｜ 相撲^{すもう}は見^みますか。
sumoo wa mimasuka
（你看相撲嗎？）

5 ｜ 週二回^{しゅうにかい}ジョギングをします。
shuu nikai jogingu o shimasu
（一星期慢跑兩次。）

6 ｜ 時々山登^{ときどきやまのぼ}りに行^いきます。
tokidoki yama-nobori ni ikimasu
（偶爾去爬山。）

7 ｜ いつもプールで泳^{およ}ぎます。
itsumo puuru de oyogimasu
（我都去游泳池游泳。）

8 ｜ 友^{とも}だちとスカッシュをします。
tomodachi to sukkashu o shimasu
（跟朋友打壁球。）

談嗜好

/// **小小專欄** 日本的節慶活動 - 日本の行事^{にほん ぎょうじ}（一）///////////

① **お正月^{しょうがつ}**
o-shoogatsu
（過年）

② **成人式^{せいじんしき}**
seejin-shiki
（成人禮）

③ **節分^{せつぶん}**
setsubun
（季節轉換期[立春、
立夏、立秋、立冬]）

④ **雛祭^{ひなまつ}り**
hina-matsuri
（女兒節）

2 我的嗜好是聽音樂

您的興趣是什麼？

Q: ご趣味は何ですか。

しゅみ　　なん

go-shumi wa nan desuka

A: 名詞（を…）＋動詞＋ことです。

我的興趣是 ＿＿＿＿。

A:

名詞（を…）＋動詞

① 料理を作る
りょう り　 つく
ryoori o tsukuru
做菜

② サイクリングをする
saikuringu o suru
騎腳踏車

③ 音楽を聞く
おんがく　 き
ongaku o kiku
聽音樂

④ 絵を描く
え　 か
e o kaku
畫畫

⑤ 本を読む
ほん　 よ
hon o yomu
看書

⑥ 旅行をする
りょこう
ryokoo o suru
旅行

⑦ 映画を見る
えい が　 み
eega o miru
看電影

⑧ 釣りをする
つ
tsuri o suru
釣魚

⑨ 写真を撮る
しゃしん　 と
shashin o toru
拍照

⑩ 生け花をする
い　 ばな
ikebana o suru
插花

⑪ 山に登る
やま　 のぼ
yama ni noboru
爬山

⑫ 海で泳ぐ
うみ　 およ
umi de oyogu
到海邊游泳

⑬ カラオケで歌う
うた
karaoke de utau
到卡拉 OK 唱歌

⑭ おしゃべりをする
oshaberi o suru
聊天

⑮ 将棋をする
しょう ぎ
shoogi o suru
下棋

⑯ 小説を書く
しょうせつ　 か
shoosetsu o kaku
寫小説

＋

ことです。

kotodesu

談嗜好

嗜好＋が上手ですね。

很會 ＿＿＿＿＿。

・嗜好・

① 歌 (うた)
uta
唱歌

② ガーデニング
gaadiningu
園藝

③ ダイビング
daibingu
潛水

④ ギター
gitaa
吉他

⑤ ピアノ
piano
鋼琴

⑥ 習字 (しゅうじ)
shuuji
書法

⑦ 手芸 (しゅげい)
shugee
手工藝

⑧ 料理 (りょうり)
ryoori
料理

⑨ サッカー
sakkaa
足球

⑩ パソコン
pasokon
電腦

⑪ 水泳 (すいえい)
suiee
游泳

⑫ ダンス
dansu
跳舞

＋

が上手ですね。
ga joozu desune

談嗜好

1 我是 2 月 4 日生的

私の誕生日は＋月日＋です。

我的生日是 _____。

わたし たんじょう び
私の誕生日は
watashi no tanjoobi wa

＋

月日

① いちがつ はつか
1 月 20 日
ichigatsu hatsuka
1 月 20 號

② に がつ よっか
2 月 4 日
nigatsu yokka
2 月 4 號

③ さんがつ なのか
3 月 7 日
sangatsu nanoka
3 月 7 號

④ し がつ にじゅうよっか
4 月 24 日
shigatsu nijuuyokka
4 月 24 號

⑤ ご がつ ふつか
5 月 2 日
gogatsu futsuka
5 月 2 號

⑥ ろくがつ ここのか
6 月 9 日
rokugatsu kokonoka
6 月 9 號

⑦ しちがつ とお か
7 月 10 日
shichigatsu tooka
7 月 10 號

⑧ はちがつ ようか
8 月 8 日
hachigatsu yooka
8 月 8 號

⑨ く がつ ついたち
9 月 1 日
kugatsu tsuitachi
9 月 1 號

⑩ じゅう がつ じゅうくにち
10 月 19 日
juugatsu juukunichi
10 月 19 號

⑪ じゅういち がつ じゅうよっか
11 月 14 日
juuichigatsu juuyokka
11 月 14 號

⑫ じゅうにがつ とお か
12 月 10 日
juunigatsu tooka
12 月 10 號

＋

です。
desu

例句

1 | お誕生日はいつですか。
o-tanjoobi wa itsu desuka
（您的生日是什麼時候？）

2 | 誕生日は来月です。
tanjoobi wa raigetsu desu
（我生日是下個月。）

3 | あなたのお誕生日は。
anata no o-tanjoobi wa
（你的生日呢？）

4 | 7月7日です。
shichigatsu nanoka desu
（7月7日。）

5 | 12月生まれです。
juunigatsu umare desu
（我12月出生。）

6 | なに年ですか。
nani doshi desuka
（屬什麼的？）

7 | ねずみ年です。
nezumi doshi desu
（我屬鼠。）

8 | 何年生まれですか。
nannen umare desuka
（幾年生的？）

談個性

好用單字

① 完璧主義
kanpeki-shugi
（完美主義）

② 勤勉
kinben
（勤勞）

③ 誠実
seejitsu
（誠實）

④ しとやか
shitoyaka
（端莊）

⑤ 楽天家
rakutenka
（樂天派）

⑥ いじっぱり
ijippori
（固執）

⑦ 快活
kaikatsu
（爽快）

⑧ 泣き虫
nakimushi
（愛哭）

2 我是射手座

私は＋星座＋です。

我是 ____ 星座。

わたし
私は
watashi wa

＋

星座

① みずがめ ざ **水瓶座**
mizugame-za
水瓶座

② しし ざ **獅子座**
shishi-za
獅子座

③ お ひつじ ざ **牡羊座**
ohitsuji-za
牡羊座

④ おう し ざ **牡牛座**
oushi-za
金牛座

⑤ おとめ ざ **乙女座**
otome-za
處女座

⑥ てんびん ざ **天秤座**
tenbin-za
天秤座

⑦ い て ざ **射手座**
ite-za
射手座

＋

です。
desu

星座＋はどんな性格ですか。

____ 是什麼樣的個性？

星座

① ふた ご ざ **双子座**
futago-za
雙子座

② かに ざ **蟹座**
kani-za
巨蟹座

③ うお ざ **魚座**
uo-za
雙魚座

④ さそり ざ **蠍座**
sasori-za
天蠍座

⑤ や ぎ ざ **山羊座**
yagi-za
魔羯座

⑥ おとめ ざ **乙女座**
otome-za
處女座

＋

せいかく
はどんな性格ですか。
wa donna seekaku desuka

談個性

3 射手座很活潑

1　獅子座 (の人) は明るいです。
shishi-za (no hito) wa akarui desu
（獅子座很活潑。）

2　天秤座は女優が多いです。
tenbin-za wa jouu ga ooi desu
（天秤座出很多女演員。）

3　魚座は芸術的才能があります。
uo-za wa geejutsu-teki sainoo ga arimasu
（雙魚座很有藝術天份。）

4　山羊座はお金に困らないです。
yagi-za wa okane ni komaranai desu
（魔羯座不缺錢。）

5　星座から見ると二人は合いますよ。
seeza kara miru to futari wa aimasuyo
（從星座來看兩個人很適合。）

6　山羊座と乙女座は相性がいいです。
yagi-za to otome-za wa aishoo ga ii desu
（魔羯座跟處女座很合。）

7　水瓶座はクールです。
mizugame-za wa kuuru desu
（水瓶座很冷靜。）

8　天秤座はバランスに優れています。
tenbin-za wa baransu ni sugurete imasu
（天秤座很有平衡感。）

9　蟹座は感情が豊かです。
kani-za wa kanjoo ga yutaka desu
（巨蟹座感情很豐富。）

10　射手座は明るい性格です。
ite-za wa akarui seekaku desu
（射手座個性很活潑。）

11　蠍座は意志が強いです。
sasori-za wa ishi ga tsuyoi desu
（天蠍座意志力很強。）

12　乙女座は優しいです。
otome-za wa yasashii desu
（處女座很溫柔。）

13　牡羊座はどんな性格ですか。
ohitsuji-za wa donna seekaku desuka
（牧羊座是什麼個性呢？）

談個性

1 我想當模特兒

将来＋名詞＋になりたいです。

将来我想當 ⬚⬚⬚⬚。

しょうらい
将来
shoorai

＋

・名詞・

① かしゅ
歌手
kashu
歌手

② いしゃ
医者
isha
醫生

③ せんせい
先生
sensee
老師
(x＋y)＝x²
(x－y)＝x²

④ かんごし
看護士
kangoshi
看護人員

⑤ **ツアーガイド**
tsuaa-gaido
導遊

⑥ **モデル**
moderu
模特兒

⑦ せんしゅ
スポーツ選手
supootsu-senshu
運動選手

⑧ じょゆう
女優
joyuu
女演員

⑨ しゃちょう
社長
shachoo
社長

⑩ さっか
作家
sakka
作家

⑪ かいしゃいん
会社員
kaishain
上班族

⑫ **エンジニア**
enjinia
工程師

⑬ けんきゅういん
研究員
kenkyuuin
研究員

⑭ つうやく
通訳
tsuuyaku
翻譯員

談夢想

＋

になりたいです。
ni naritai desu

例句

1 | 将来、何になりたいですか。
shoorai,nani ni naritai desuka
（以後想做什麼？）

2 | どうしてですか。
dooshite desuka
（為什麼？）

3 | 歌が好きだからです。
uta ga suki da kara desu
（因為喜歡唱歌。）

4 | どんな仕事をしたいですか。
donna shigoto o shitai desuka
（你想從事什麼工作？）

5 | 貿易の仕事がやりたいです。
booeki no shigoto ga yaritai desu
（我想從事貿易工作。）

6 | やりがいがあるからです。
yarigai ga aru kara desu
（因為很有挑戰性。）

7 | 面白そうだからです。
omoshiro soo da kara desu
（因為很有趣的樣子。）

8 | 自分の会社を持ちたいです。
jibun no kaisha o mochitai desu
（我想開公司。）

談夢想

小小專欄 ▶ 日本的節慶活動 - 日本の行事（二）

① 端午の節句
tango no sekku
（端午節）

② 七夕
tanabata
（七夕）

③ お盆
o-bon
（盂蘭盆會）

④ クリスマス
kurisumasu
（聖誕節）

2 我希望有朋友

你現在最想要什麼？

Q：今、何がほしいですか。
いま　　なに
ima, nani ga hoshii desuka

A：名詞＋がほしいです。

想要 ⬚⬚⬚⬚。

A：

・名詞・

① 友だち
とも
tomodachi
朋友

② 時間
じ　かん
jikan
時間

③ お金
かね
okane
錢

④ 恋人
こいびと
koibito
情人

⑤ 車
くるま
kuruma
車

⑥ ノートパソコン
nooto-pasokon
筆記型電腦

⑦ 自転車
じ　てんしゃ
jitensha
腳踏車

⑧ バイク
baiku
機車

⑨ 家
いえ
ie
房子

⑩ ダイヤモンド
daiyamondo
鑽石

⑪ 指輪
ゆび　わ
yubiwa
戒指

⑫ ハンドバッグ
handobaggu
手提包

⑬ 旅行資金
りょこう　し　きん
ryokoo-shikin
旅費

＋

がほしいです。
ga hoshii desu

談夢想

例句
//////////

1 なぜ、お金がほしいですか。
naze,o-kane ga hoshii desuka
（為什麼想要錢？）

2 もっと勉強したいからです。
motto benkyoo shitai kara desu
（因為想再多唸書。）

3 旅行したいからです。
ryokoo shitai kara desu
（因為想旅行。）

4 留学したいからです。
ryuugaku shitai kara desu
（因為我想留學。）

5 どうして、車がほしいですか。
dooshite, kuruma ga hoshii desuka
（為什麼想要車子。）

6 彼女とデートしたいからです。
kanojo to deeto shitai kara desu
（因為我想跟女友約會。）

7 便利だからです。
benri dakara desu
（因為方便。）

8 どんな家がほしいですか。
donna ie ga hosii desuka
（你想要什麼樣的房子。）

9 ボルボの車がほしいです。
borubo no kuruma ga hoshii desu
（我想要 VOLVO 車。）

10 今、友達が一番ほしいです。
ima,tomodachi ga ichiban hoshii desu
（現在，我最想要朋友。）

11 一緒にいると楽しいからです。
issho ni iru to tanoshii kara desu
（因為在一起感到很快樂。）

談夢想

3 將來我想住鄉下的透天厝

將來想住什麼樣的房子？

Q：将来、どんな家に住みたいですか。
しょうらい、どんないえ、すみたいですか
shoorai,donna ie ni sumitai desuka

A：名詞＋に住みたいです。

想住 ⸏⸏⸏⸏⸏。

A：

名詞

① 大きな家
おおきないえ
ooki na ie
很大的房子

② マンション
manshon
高級公寓

③ 別荘
べっそう
bessoo
別墅

④ 一戸建て
いっこだて
ikkodate
透天厝

⑤ 庭付きの家
にわつきのいえ
niwa-tsuki no ie
有院子的房子

⑥ かわいい家
かわいいいえ
kawaii ie
可愛的家

⑦ 郊外の家
こうがいのいえ
koogai no ie
郊外的房子

⑧ 田舎の一軒家
いなかのいっけんや
inaka no ikkenya
鄉下的透天厝

⑨ ログハウス
rogu-hausu
原木小木屋

＋

に住みたいです。
す
ni sumitai desu

談夢想

想住什麼樣的城鎮？

Q：どんな<ruby>町<rt>まち</rt></ruby>に<ruby>住<rt>す</rt></ruby>みたいですか。

donna machi ni sumitai desuka

A：形容詞＋町に住みたいです。

想住 ◻◻◻◻ 的城鎮。

A：

形容詞

① <ruby>明<rt>あか</rt></ruby>るい
akarui
朝氣蓬勃

② <ruby>緑<rt>みどり</rt></ruby>の<ruby>多<rt>おお</rt></ruby>い
midori no ooi
很多綠地的地方

③ <ruby>静<rt>しず</rt></ruby>かな
shizuka na
安靜的

④ <ruby>古<rt>ふる</rt></ruby>い
furui
古意盎然的

⑤ <ruby>穏<rt>おだ</rt></ruby>やかな
odayaka na
恬靜的

⑥ にぎやかな
nigiyaka na
熱鬧

⑦ <ruby>清潔<rt>せいけつ</rt></ruby>な
seeketsu na
乾淨的

⑧ <ruby>空気<rt>くうき</rt></ruby>のいい
kuuki no ii
空氣好的

⑨ モダンな
modan na
摩登的

⑩ <ruby>便利<rt>べんり</rt></ruby>な
benri na
方便的

⑪ <ruby>子<rt>こ</rt></ruby>どもの<ruby>多<rt>おお</rt></ruby>い
kodomo no ooi
孩子很多的

＋

<ruby>町<rt>まち</rt></ruby>に<ruby>住<rt>す</rt></ruby>みたいです。

machi ni sumitai desu

談夢想

Part 3

旅遊日語

我要出國囉

1 我的座位在哪裡

T1-45 🔘

名詞 ＋はどこですか。

_____ 在哪裡？

名詞

① <ruby>私<rt>わたし</rt></ruby>の<ruby>席<rt>せき</rt></ruby>
watashi no seki
我的座位

② ビジネスクラス
bijinesu-kurasu
商務客艙

③ トイレ
toire
洗手間

④ <ruby>雑誌<rt>ざっし</rt></ruby>
zasshi
雜誌

⑤ <ruby>非常口<rt>ひ じょうぐち</rt></ruby>
hijoo-guchi
緊急出口

⑥ <ruby>空港<rt>くうこう</rt></ruby>
kuukoo
機場

⑦ イヤホーン
iyahoon
耳機

＋

はどこですか。
wa doko desuka

例句

○

1 <ruby>荷物<rt>に もつ</rt></ruby>が<ruby>入<rt>はい</rt></ruby>りません。
nimotsu ga hairimasen
（行李放不進去。）

2 <ruby>到着<rt>とうちゃく</rt></ruby>は<ruby>何時<rt>なん じ</rt></ruby>ですか。
toochaku wa nanji desuka
（幾點到達？）

3 <ruby>通<rt>とお</rt></ruby>してください。
tooshite kudasai
（請借我過。）

4 <ruby>中国語<rt>ちゅうごく ご</rt></ruby>の<ruby>新聞<rt>しんぶん</rt></ruby>はありますか。
chuugokugo no shinbun wa arimasuka
（有中文報嗎？）

×

5 <ruby>席<rt>せき</rt></ruby>を<ruby>替<rt>か</rt></ruby>えてほしいです。
seki o kaete hoshii desu
（我想換座位。）

6 ジュースをもらえますか。
juusu o moraemasuka
（可以給我果汁嗎？）

7 <ruby>席<rt>せき</rt></ruby>を<ruby>倒<rt>たお</rt></ruby>してもいいですか。
seki o taoshitemo ii desuka
（可以將椅背倒下嗎？）

8 コートをお<ruby>願<rt>ねが</rt></ruby>いします。
kooto o onegai shimasu.
（麻煩幫我掛外套。）

76

2 我要雞肉

名詞＋をください。

請給我 ［＿＿＿＿］。

・名詞・

① ビーフ
biifu
牛肉

② チキン
chikin
雞肉

③ <ruby>毛布<rt>もう ふ</rt></ruby>
moofu
毛毯

④ <ruby>魚<rt>さかな</rt></ruby>
sakana
魚

⑤ <ruby>枕<rt>まくら</rt></ruby>
makura
枕頭

⑥ ワイン
wain
葡萄酒

⑦ <ruby>酔<rt>よ</rt></ruby>い<ruby>止<rt>ど</rt></ruby>め<ruby>薬<rt>ぐすり</rt></ruby>
yoidome-gusuri
暈車藥

⑧ ビール
biiru
啤酒

⑨ <ruby>新聞<rt>しんぶん</rt></ruby>
shinbun
報紙

⑩ <ruby>お水<rt>みず</rt></ruby>
omizu
水

＋

をください。
o kudasai

名詞＋はありますか。

有 ［＿＿＿＿］嗎？

・名詞・

① <ruby>入国<rt>にゅうこく</rt></ruby>カード
nyuukoku-kaado
入境卡

② <ruby>風邪薬<rt>か ぜ ぐすり</rt></ruby>
kaze-gusuri
感冒藥

③ <ruby>英語<rt>えい ご</rt></ruby>の<ruby>雑誌<rt>ざっ し</rt></ruby>
eego no zasshi
英文雜誌

④ <ruby>日本<rt>に ほん</rt></ruby>の<ruby>新聞<rt>しんぶん</rt></ruby>
nihon no shinbun
日本報紙

⑤ <ruby>温<rt>あたた</rt></ruby>かい<ruby>飲<rt>の</rt></ruby>み<ruby>物<rt>もの</rt></ruby>
atatakai nomimono
溫的飲料

＋

はありますか。
wa arimasuka

3 再給我一杯水

例句

1 もう一杯ください。
moo ippai kudasai
（請再給我一杯。）

2 無料ですか。
muryoo desuka
（是免費的嗎？）

3 気分が悪いです。
kibun ga warui desu
（我身體不舒服。）

4 いつ着きますか。
itsu tsukimasuka
（什麼時候到達？）

5 あと 20 分です。
ato nijuppun desu
（再 20 分鐘。）

6 今、どのへんですか。
ima, dono hen desuka
（現在我們在哪裡？）

7 飲み物をください。
nomimono o kudasai
（請給我飲料。）

8 おなかが痛いです。
o-naka ga itai desu
（我肚子疼。）

9 寒いです。
samui desu
（感到寒冷。）

10 ビデオが見たいです。
bideo ga mitai desu
（想看錄影帶。）

好用單字

① 雑誌
zasshi
（雜誌）

② イヤホーン
iyahoon
（耳機）

③ タバコ
tabako
（香煙）

④ ワイン
wain
（葡萄酒）

⑤ 機内販売
kinai-hanbai
（機艙內販賣）

⑥ 免税品
menzee-hin
（免税商品）

⑦ カタログ
katarogu
（型錄）

⑧ スカーフ
sukaafu
（圍巾）

⑨ 香水
koosui
（香水）

4 我來觀光的

旅行目的為何？ 是 _____。

Q: 旅行の目的は何ですか。
りょこう もくてき なん
ryokoo no mokuteki wa nan desuka

A: 名詞 + です。

名詞

① かんこう **観光** kankoo 觀光

② りゅうがく **留学** ryuugaku 留學

③ しゅっちょう **出張** shucchoo 出差

④ しごと **仕事** shigoto 工作

⑤ **ビジネス** bijinesu 商務

⑥ しんぞくほうもん **親族訪問** shinzoku-hoomon 探親

⑦ かいぎ **会議** kaigi 會議

⑧ ちじんほうもん **知人訪問** chijin-hoomon 探訪朋友

＋

です。
desu

你的職業是？

しょくぎょう なん
職業は何ですか。
shokugyoo wa nan desuka

1 がくせい
学生です。
gakusee desu
（學生。）

2 **サラリーマンです。**
sarariiman desu
（上班族。）

3 しゅふ
主婦です。
shufu desu
（我是主婦。）

4 いしゃ
医者です。
isha desu
（我是醫生。）

5 オーエル
OL です。
ooeru desu
（粉領族。）

6 かいしゃいん
会社員です。
kaisha-in desu
（我是公司職員。）

7 けいえいしゃ
経営者です。
keeee-sha desu
（我是公司負責人。）

5 我要待五天

要住在哪裡？　　　　　　┌─────┐。

Q: どこに滞在しますか。
たいざい
doko ni taizai shimasuka

A: 名詞 ＋ です。
desu

・名詞・

① ○○ホテル
hoteru
○○飯店

② 友人の家
ゆうじん　いえ
yuujin no ie
朋友家

③ ○○旅館
りょかん
ryokan
○○旅館

④ 留学生宿舎
りゅうがくせいしゅくしゃ
ryuugakusee-shukusha
留學生宿舍

⑤ 息子の家
むすこ　いえ
musuko no ie
兒子的家

⑥ ○○民宿
みんしゅく
minshuku
○○民宿

⑦ 同僚の家
どうりょう　いえ
dooryoo no ie
同事的家

＋

です。
desu

要待幾天？　　　　　　┌─────┐。

Q: 何日滞在しますか。
なんにちたいざい
nannichi taizai shimasuka

A: 期間 ＋ です。
desu

・期間・

① 一ヶ月
いっかげつ
ikkagetsu
一個月

② 10日間
とおかかん
tooka kan
十天

③ 三日
みっか
mikka
三天

④ 五日間
いつかかん
itsukakan
五天

⑤ 一週間
いっしゅうかん
isshuukan
一星期

⑥ 二週間
にしゅうかん
nishuukan
兩星期

⑦ 約2ヶ月
やくにかげつ
yaku nikagetsu
大約兩個月

＋

です。
desu

6 這是日常用品

動詞 ＋ください。

請 _____ 。

動詞

① 開けて
akete
開

② 待って
matte
等

③ 見て
mite
看

④ しまって
shimatte
關起來

⑤ 見せて
misete
讓我看

⑥ 言って
itte
説

⑦ 開いて
aite
打開

⑧ 出して
dashite
拿出來

＋

ください。
kudasai

這是什麼？   是 _____ 。

Q: これは何ですか。   **A: 名詞 ＋ です。**
kore wa nan desuka   desu

名詞

① 日常品
nichijoohin
日常用品

② 洋服
yoofuku
衣服

③ カメラ
kamera
相機

④ プレゼント
purezento
禮物

⑤ タバコ
tabako
香煙

⑥ 日本酒
nihon-shu
日本酒

⑦ お土産
omiyage
名產

⑧ 洗面具
senmen-gu
洗臉用具

⑨ 筆記用具
hikki-yoogu
筆記用具

⑩ スカーフ
sukaafu
絲巾

⑪ 風邪薬
kaze-gusuri
感冒藥

⑫ 辞書
ji sho
字典

＋

です。
desu

7 麻煩我到台北

場所 ＋までお願いします。

麻煩我到 _____。

場所

① 台北 タイペイ
taipee
台北

② 日本 にほん
nihon
日本

③ 香港 ホンコン
honkon
香港

④ 北京 ペキン
pekin
北京

⑤ 大阪 おおさか
oosaka
大阪

⑥ パリ
pari
巴黎

⑦ ロンドン
rondon
倫敦

⑧ ローマ
rooma
羅馬

⑨ バンコク
bankoku
曼谷

⑩ 上海 シャンハイ
shanhai
上海

＋

までお願いします。
ねが
made onegai shimasu

例句

1 日本航空のカウンターはどこですか。
にほんこうくう
nihonkookuu no kauntaa wa doko desuka
（日本航空櫃檯在哪裡？）

2 チェックインします。
chekkuin shimasu
（我要辦登機手續。）

3 エコノミークラスです。
ekonomii-kurasu desu
（是經濟艙。）

4 ビジネスクラスです。
bijinesu-kurasu desu
（是商務艙。）

5 全部禁煙ですか。
ぜんぶ きんえん
zenbu kinen desuka
（是全部禁煙嗎）

6 預かる荷物はありますか。
あず にもつ
azukaru nimotsu wa arimasuka
（有行李要寄放嗎？）

7 窓側の席はありますか。
まどがわ せき
madogawa no seki wa arimasuka
（有靠窗的座位嗎？）

8 通路側がいいです。
つうろがわ
tuuro-gawa ga ii desu
（我要靠走道的。）

我要出國囉

82

8 我要換日幣

名詞 ＋してください。

請 _____ 。

名詞

① 両替
りょうがえ
ryoogae
兌換外幣

② サイン
sain
簽名

③ 確認
かくにん
kakunin
確認

④ チェンジ
chenji
換（錢）

＋

してください。

site kudasai

例句

1
日本円に。
に ほんえん
nihonen ni
（換成日圓）

2
5万円両替してください。
ご まんえんりょうがえ
gomanen ryoogaeshite kudasai
（請換成五萬日圓。）

3
小銭も混ぜてください。
こ ぜに ま
kozeni mo mazete kudasai
（也請給我一些零錢。）

4
パスポートを見せてください。
み
pasupooto o misete kudasai
（請讓我看一下護照。）

5
ここにサインをお願いします。
ねが
koko ni sain o onegai shimasu
（麻煩您在這裡簽名。）

6
これでいいですか。
korede ii desuka
（這樣可以嗎？）

9 喂！我是台灣的小李啦

例句

1 | テレホンカード一枚ください。
terehonkaado ichimai kudasai
（給我一張電話卡。）

2 | もしもし、台湾の李です。
moshi moshi,taiwan no ri desu
（喂，我是台灣的小李。）

3 | 陽子さんはいらっしゃいますか。
yooko-san wa irasshaimasuka
（陽子小姐在嗎？）

4 | ただいま、日本に着きました。
tadaima,nihon ni tsukimashita
（我剛到日本。）

5 | では、新宿駅で会いましょう。
dewa shinjuku-eki de aimashoo
（那麼就在新宿車站見面吧！）

6 | どこで会いましょうか。
doko de aimashooka
（在哪裡碰面好呢？）

7 | 南口はわかりますか。
minami-guchi wa wakarimasuka
（知道南口在哪裡嗎？）

8 | 成田エクスプレスで行きます。
narita-ekusupuresu de ikimasu
（搭成田 Express 去。）

9 | ＪＲの改札口で待っています。
JR no kaisatsu-guchi de matte imasu
（在 JR 的剪票口等你。）

10 | では、また後で。
dewa, mata atode
（待會兒見。）

好用單字

① 電話する
denwasuru
（打電話）

② 携帯電話
keetai-denwa
（手機）

③ メッセージ
messeeji
（留言）

④ 外出中
gaishutsu-chuu
（外出中）

⑤ 留守
rusu
（不在家）

⑥ 出かける
dekakeru
（出門）

⑦ 伝言
dengon
（留言）

⑧ 発信音
hasshin-on
（鈴聲）

⑨ ご用件
go-yooken
（要事）

10 我要寄包裹

名詞 ＋でお願いします。

麻煩我寄 ＿＿＿＿ 。

・名詞・

① **航空便**
こうくうびん
kookuubin
空運

② **船便**
ふなびん
funabin
船運

③ **書留**
かきとめ
kakitome
掛號

④ **小包**
こづつみ
kozutsumi
包裹

⑤ **宅急便**
たっきゅうびん
takkyuubin
宅急便

⑥ **速達**
そくたつ
sokutatsu
限時專送

＋

でお願いします。
ねが
de onegai shimasu

例句

1 料金はいくらですか。
りょうきん
ryookin wa ikura desuka
（ 費用多少？）

2 台湾までお願いします。
タイワン　　　ねが
taiwan made onegai shimasu
（ 麻煩寄到台灣。）

3 はがきを10枚ください。
じゅうまい
hagaki o juumai kudasai
（ 請給我明信片 10 張。）

4 どちらが安いですか。
やす
dochira ga yasui desuka
（ 哪一個便宜？）

5 小包の箱はありますか。
こづつみ　はこ
kozutsumi no hako wa arimasuka
（ 有寄包裹的箱子嗎？）

6 エアメールでお願いします。
ねが
ea-meeru de onegai shimasu
（ 麻煩寄航空信。）

7 どのぐらいで着きますか。
つ
donogurai de tsukimasuka
（ 大概什麼時候寄到？）

8 ゆうパックの袋を一枚ください。
ふくろ　いちまい
yuu-pakku no fukuro o ichimai kudasai
（ 給我一個郵件便利袋。）

11 一個晚上多少錢

名詞（は…）＋いくらですか。

：多少錢？

名詞（は…）

① 一泊
いっぱく
ippaku
一晚

② 一人
ひとり
hitori
一個人

③ ツインは
tsuin wa
兩張單人床房間

④ ダブルは
daburu wa
一張雙人床房間

⑤ シングルは
shinguru wa
單人床房間

⑥ この部屋は
へや
kono heya wa
這個房間

⑦ スイートルームは
suiito-ruumu wa
總統套房

⑧ 二人で
ふたり
futari de
兩個人

＋

いくらですか。
ikura desuka

例句

1 予約したいです。
よやく
yoyakushitai desu
（我想預約。）

2 朝食はつきますか。
ちょうしょく
chooshoku wa tsukimasuka
（有附早餐嗎？）

3 それでお願いします。
ねが
sorede onegai shimasu
（那樣就可以了。）

4 三人一部屋でいいですか。
さんにんひとへや
sannin hito-heya de ii desuka
（三個人可以住同一間房間嗎？）

5 レストランはありますか。
resutoran wa arimasuka
（有餐廳嗎？）

6 もっと安い部屋はありませんか。
やす へや
motto yasui heya wa arimasenka
（有沒有更便宜的房間？）

7 チェックインは何時からですか。
なんじ
chekku-in wa nanji kara desuka
（幾點開始住宿登記？）

我要出國囉

12 這巴士有到京王飯店嗎

例句

1 ○○ホテルへ行きますか。
hoteru e ikimasuka
（有到○○飯店嗎？）

2 次のバスは何時ですか。
tsugi no basu wa nanji desuka
（下一班巴士幾點？）

3 新宿まで一枚ください。
shinjuku made ichimai kudasai
（給我一張到新宿的票。）

4 右側の出口に出てください。
migigawa no deguchi ni dete kudasai
（請往右側出口出去。）

5 3番乗り場で乗車してください。
sanban noriba de jooshashite kudasai
（請在 3 號乘車處上車。）

6 渋谷へ行きたいです。
shibuya e iki tai desu
（我想去澀谷。）

7 乗り場は何番ですか。
nori-ba wa nanban desuka
（幾號巴士站？）

8 ここは、新宿行きですか。
koko wa, shijuku yuki desuka
（這裡有到新宿嗎？）

9 東京駅まで何分ですか。
tookyoo-eki made nanpun desuka
（到東京車站要幾分鐘？）

10 池袋駅前に降りたいんですが。
ikebukuro eki-mae ni ori tain desuga
（我想在池袋車站前下車。）

好用單字

① 切符
kippu
（車票）

② 売り場
uriba
（售票處）

③ リムジンバス
rimujinbasu
（機場巴士）

④ 乗り場
noriba
（乘車處）

⑤ 1番乗り場
ichiban nori-ba
（一號巴士站）

⑥ 並ぶ
narabu
（排隊）

⑦ 新宿行き
shinjuku yuki
（往新宿）

⑧ 東京駅行き
tookyoo-eki yuki
（往東京車站）

⑨ 都内
tonai
（東京都中心區）

1 我要住宿登記

名詞 ＋をお願いします。

麻煩 ▭ 。

・名詞・

① **チェックイン**
chekkuin
住宿登記

② **荷物**（にもつ）
nimotsu
行李

③ **説明**（せつめい）
setsumee
説明

④ **サイン**
sain
簽名

⑤ **鍵**（かぎ）
kagi
鑰匙

＋

をお願（ねが）いします。

o onegai shimasu

例句

1 予約（よやく）してあります。
yoyakushite arimasu
（有預約。）

2 予約（よやく）してありません。
yoyakushite arimasen
（沒預約。）

3 李明宝（リ メイホウ）といいます。
ri meehoo to iimasu
（我叫李明寶。）

4 チェックアウトは何時（なんじ）ですか。
chekkuauto wa nanji desuka
（幾點退房？）

5 カードでお願（ねが）いします。
kaado de onegai shimasu
（麻煩刷卡。）

6 朝食（ちょうしょく）はどこで食（た）べますか。
chooshoku wa doko de tabemasuka
在哪裡吃早餐？）

7 荷物（にもつ）を運（はこ）んでください。
nimotsu o hakonde kudasai
（請幫我搬行李。）

8 金庫（きんこ）はありますか。
kinko wa arimasuka
（有保險箱嗎？）

9 街（まち）の地図（ちず）はありますか。
machi no chizu wa arimasuka
（有街道的地圖嗎？）

2 幫我換床單

名詞 ＋を＋ 動詞 ＋ください。

請 [　　　]。

① 部屋／替えて
heya　kaete
房間／更換

② アイロン／貸して
airon　kashite
熨斗／借我

③ 荷物／運んで
nimotsu　hakonde
行李／搬運

④ 場所／教えて
basho　oshiete
地方／告訴我

⑤ 使い方／教えて
tsukai-kata　oshiete
使用方法／教

⑥ タオル／換えて
taoru　kaete
毛巾／更換

⑦ 掃除／して
sooji　shite
掃／打

⑧ シーツ／換えて
shiitsu　kaete
床單／更換

＋

ください。
kudasai

例句

1 部屋を掃除してください。
heya o soojishite kudasai
（請打掃房間。）

2 タオルをもう一枚ください。
taoru o moo ichimai kudasai
（請再給我一條毛巾。）

3 鍵をなくしました。
kagi o nakushimashita
（鑰匙不見了。）

4 栓抜きがありません。
sennuki ga arimasen
（沒有開瓶器。）

5 氷はもらえますか。
koori wa moraemasuka
（可以給我冰塊嗎？）

6 テレビが壊れています。
terebi ga kowarete imasu
（電視故障了。）

7 部屋が寒いです。
heya ga samui desu
（房間好冷。）

8 英語の新聞がほしいです。
eego no shinbun ga hoshii desu
（我要英文版報紙。）

9 ハンガーが足りません。
hangaa ga tarimasen
（衣架不夠。）

3 我要一客比薩

例句

1 100号室です。
hyaku-gooshitsu desu
（100 號客房。）

2 ルームサービスをお願いします。
ruumu-saabisu o onegai shimasu
（我要客房服務。）

3 ピザを一つください。
piza o hitotsu ku dasai
（給我一客比薩。）

4 洗濯物をお願いします。
sentakumono o onegai shimasu
（我要送洗。）

5 朝6時にモーニングコールをお願いします。
asa rokuji ni mooningu-kooru o onegai shimasu
（早上 6 點請叫醒我。）

6 マッサージをお願いします。
massaaji o onegai shimasu
（麻煩幫我按摩。）

7 レストランの予約をしたいです。
resutoran no yoyaku o shitai desu
（想預約餐廳。）

8 国際電話をかけたいです。
kokusaidenwa o kaketai desu
（想打國際電話。）

9 プールはありますか。
puuru wa arimasuka
（有游泳池嗎？）

好用單字

① シーツ
shiitsu
（床單）

② 枕
makura
（枕頭）

③ 栓抜き
sennuki
（開瓶器）

④ 毛布
moofu
（毛毯）

⑤ トイレットペーパー
toirettopeepaa
（衛生紙）

⑥ シャンプー
shanpuu
（洗髮精）

⑦ 歯磨きセット
hamigaki-setto
（一套刷牙用具）

⑧ 布団
futon
（棉被）

⑨ ドライヤー
doraiyaa
（吹風機）

⑩ リンス
rinsu
（潤絲精）

⑪ シャワー
shawaa
（淋浴）

⑫ ナイフ
naifu
（小刀）

4 我要退房

T2-5

住舒適的飯店

例句

1 チェックアウトします。
chekkuauto shimasu
（我要退房。）

2 これは何（なん）ですか。
kore wa nan desuka
（這是什麼？）

3 ミニバーは利用（りょう）していません。
minibaa wa riyooshite imasen
（沒有使用迷你吧。）

4 確認（かくにん）をお願（ねが）いします。
kakunin o onegai shimasu
（麻煩確認一下。）

5 カードでお願（ねが）いします。
kaado de onegai shimasu
（麻煩我要刷卡。）

6 サインしてください。
sain shite kudasai
（請簽名。）

7 お世話（せわ）になりました。
osewa ni narimashita
（多謝關照。）

8 領収書（りょうしゅうしょ）をください。
ryooshuusho o kudasai
（請給我收據。）

好用單字

① 冷蔵庫（れいぞうこ）
reezooko
（冰箱）

② 明細（めいさい）
meesai
（明細）

③ 税金（ぜいきん）
zeekin
（税金）

④ サービス料（りょう）
saabisuryoo
（服務費）

⑤ ミニバー
mini-baa
（迷你酒吧）

⑥ 領収書（りょうしゅうしょ）
ryooshuusho
（收據）

⑦ 電話代（でんわだい）
denwa-dai
（電話費）

⑧ ファックス代（だい）
fakkusu-dai
（傳真費用）

1 老闆！仙貝一盒多少錢

名詞 ＋ 數量 ＋いくらですか。

多少錢？

吃好吃的去囉
名詞＋數量

① **おはぎ／二つ**
ohagi　futatsu
豆沙糯米飯糰／兩個

② **おもち／三つ**
omochi　mittsu
麻薯／三個

③ **お煎餅／一箱**
osenbee　hitohako
仙貝／一盒

④ **どら焼き／四つ**
dorayaki　yottsu
紅豆烤餅／四個

⑤ **これ／一つ**
kore　hitotsu
這個／一個

⑥ **りんご／一山**
ringo　hitoyama
蘋果／一堆

⑦ **花／一束**
hana　hitotaba
花／一束

⑧ **ナス／一皿**
nasu　hitosara
茄子／一盤

⑨ **かさ／一本**
kasa　ippon
雨傘／一支

⑩ **かき氷／一つ**
kakigoori　hitotsu
刨冰／一份

⑪ **さんま／一皿**
sanma　hitosara
秋刀魚／一盤

⑫ **お団子／二串**
odango　futakushi
麻薯丸子／兩串

⑬ **たこ焼き／一箱**
takoyaki　hitohako
烤章魚／一盒

⑭ **ミネラルウォーター／一本**
mineraruootaa　ippon
礦泉水／一瓶

⑮ **ぶどう／一箱**
budoo　hitohako
葡萄／一盒

⑯ **缶ビール／一つ**
kan-biiru　hitotsu
罐裝啤酒／一罐

⑰ **ティッシュ／一つ**
tisshu　hitotsu
紙巾／一包

＋ いくらですか。
ikura desuka

例句

1 いらっしゃいませ。
irasshai mase
（歡迎光臨。）

2 試食_{しょく}してもいいですか。
shishokushitemo ii desuka
（可以試吃嗎？）

3 これをワンパックください。
kore o wanpakku kudasai
（這個請給我一盒。）

4 まけてくださいよ。
makete kudasaiyo
（算我便宜一點嘛。）

5 もう一つ_{ひと か}買います。
moo hitotsu kaimasu
（再買一個。）

6 全部_{ぜん ぶ}でいくらですか。
zenbu de ikura deuska
（全部多少錢？）

7 もっと安_{やす}いのはありますか。
motto yasui nowa arimasuka
（有沒有更便宜的？）

8 これは、おいしいですか。
kore wa oishii desuka
（這好吃嗎？）

吃好吃的去囉

2 給我漢堡

名詞 ＋ ください。

給我 ＿＿＿。

・名詞・

① ハンバーガー　② コーラ　③ フライドポテト　④ ホットドッグ
hanbaagaa　koora　furaidopoteto　hotto-dogu
漢堡　可樂　薯條　熱狗

⑤ サラダ　⑥ ジュース　⑦ コーヒー　⑧ ケチャップ
sarada　juusu　koohii　kechappu
沙拉　果汁　咖啡　蕃茄醬

＋

ください。
kudasai

例句

1 コーラは M です。
koora wa emu desu
（可樂中杯。）

2 ここで食べます。
koko de tabemasu
（在這裡吃。）

3 テイクアウトします。
teikuauto shimasu
（外帶。）

4 全部でいくらですか。
zenbu de ikura desuka
（全部多少錢？）

5 大きいのをください。
ookiino o kudasai
（請給我大的。）

6 コーヒーを付けてください。
koohii o tsukete kudasai
（我要附咖啡。）

7 砂糖とミルクもください。
satoo to miruku mo kudasai
（也給我砂糖跟奶精。）

8 ナプキンはありますか。
napukin wa arimasuka
（有餐巾嗎？）

吃好吃的去囉

3 便當幫我加熱

例句

1 お弁当を温めますか。
o-bentoo o atatamemasuka
（便當要加熱嗎？）

2 温めてください。
atatamete kudasai
（幫我加熱。）

3 お箸は要りますか。
o-hashi wa irimasuka
（需要筷子嗎？）

4 千円お預かりします。
senen oazukari shimasu
（收您一千日圓。）

5 2百円のおつりです。
nihyakuen no otsuri desu
（找您兩百日圓。）

6 スプーンは要りますか。
supuun wa irimasuka
（需要湯匙嗎？）

7 お願いします。
onegai shimasu
（麻煩您。）

8 ジュースはどこですか。
juusu wa doko desuka
（果汁在哪裡？）

9 70円切手をください。
nanajuuenn kitte o kudasai
（請給我 70 日圓的郵票。）

吃好吃的去囉

好用單字

① コンビニ
konbini
（便利商店）

② レジ
reji
（收銀台）

③ ジュース
juusu
（果汁）

④ 袋
fukuro
（袋子）

⑤ おつり
otsuri
（零錢）

⑥ おまけ
omake
（打折扣）

⑦ カップラーメン
kappu-raamen
（碗麵）

⑧ スナック菓子
sunakku-kashi
（小點心）

⑨ ペットボトル
petto-botoru
（保特瓶）

名詞＋ください。

附近有 ｜＿＿＿｜ 嗎？

ちか
近くに
chikaku ni

＋

吃好吃的去囉

商店

① ラーメン屋
raamen-ya
拉麵店

② 寿司屋
sushi-ya
壽司店

③ オープンカフェ
oopun-kafe
開放式咖啡店

④ ファミリーレストラン
famirii-resutoran
闔家餐廳

⑤ イタリア料理店
itaria-ryoori-ten
義大利餐廳

⑥ インド料理店
indo-ryoori-ten
印度餐廳

⑦ 中華料理店
chuuka-ryoori-ten
中華料理店

⑧ 牛丼屋
gyuudon-ya
牛丼店

⑨ 焼き肉屋
yakiniku-ya
烤肉店

⑩ 日本料理店
nihon-ryoori-ten
日本料理店

⑪ インド料理店
indo-ryoori-ya
印度餐廳

⑫ 回転寿司
kaiten-zushi
迴轉壽司店

⑬ 料亭
ryootee
料亭（日本傳統料理店）

⑭ ピザ屋
peza-ya
比薩店

＋

はありますか。
wa arimasuka

例句

1 てんぷら屋はありますか。
tenpura-ya wa arimasuka
（有天婦羅店嗎？）

2 場所はどこですか。
basho wa doko desuka
（地方在哪裡？）

3 値段はどれくらいですか。
nedan wa dorekurai desuka
（價錢多少？）

4 寿司が食べたいです。
sushi ga tabe tai desu
（想吃壽司。）

5 おいしいですか。
oishii desuka
（好吃嗎？）

6 何がおいしいですか。
nani ga oishii desuka
（什麼好吃呢？）

7 お勧めはなんですか。
o-susume wa nan desuka
（你推薦什麼？）

吃好吃的去囉

5 今晩七點二人

時間 ＋で＋ 人數 ＋です。
在 ＿＿＿。

吃好吃的去囉

時間 ＋で＋ 人數

① 今晚 **7 時**／**二人**
こんばんしちじ　ふたり
konban shichiji　futari
今晚 7 點／兩人

② 明日の夜 **8 時**／**四人**
あした　よる　はちじ　よにん
ashita no yoru hachiji　yonin
明晚 8 點／四人

③ 今日の **6 時**／**三人**
きょう　ろくじ　さんにん
kyoo no rokuji　sannin
今天 6 點／三個人

④ 土曜日の **8 時**／**10 人**
どようび　はちじ　じゅうにん
doyoobi no hachiji　juunin
星期六 8 點／十個人

＋

です。
desu

例句

1 李と申します。
り　もう
ri to mooshimasu
（我姓李。）

2 コースはいくらですか。
koosu wa ikura desuka
（套餐多少錢？）

3 窓側の席をお願いします。
まどがわ　せき　ねが
mado-gawa no seki o onegai shimasu
（請給我靠窗的座位。）

4 地図をファックスしてください。
ちず
chizu o fakkusu shite kudasai
（請傳真地圖給我。）

5 すきやきもありますか。
sukiyaki mo arimasuka
（也有壽喜燒嗎？）

6 お酒も飲めますか。
さけ　の
o-sake mo nomemasuka
（也能喝酒嗎？）

7 駅から近いですか。
えき　ちか
eki kara chikai desuka
（從車站很近嗎？）

8 よろしくお願いします。
ねが
yoroshiku onegai shimasu
（請多多指教。）

6 我姓李，預約七點

吃好吃的去囉

例句

1 | 李です。7時に予約してあります。
ri desu, shichiji ni yoyakushite arimasu
（我姓李，預約 7 點。）

2 | 4人です。
yonin desu
（四人。）

3 | 禁煙席はありますか。
kinenseki wa arimasuka
（有非吸煙區嗎？）

4 | 予約してありません。
yoyakushite arimasen
（沒有預約。）

5 | どれくらい待ちますか。
dorekurai machimasuka
（要等多久？）

6 | 混んでいますか。
konde imasuka
（有很多人嗎？）

7 | では、またにします。
dewa, mata ni shimasu
（那麼，我下次再來。）

8 | では、待ちます。
dewa, machimasu
（那麼，我等。）

9 | 窓際は空いていますか。
mado-giwa wa aite imasuka
（有靠窗的位子嗎？）

好用單字

① 喫煙席
kitsuen seki
（吸煙區）

② 個室
koshitsu
（包廂）

③ 満員
manin
（客滿）

④ 空く
aku
（有位子）

⑤ テーブル
teeburu
（餐桌）

⑥ カウンター
kauntaa
（櫃臺）

⑦ 二人席
futari seki
（兩人座位）

⑧ 四人席
yonin seki
（四人座位）

7 我要點菜

吃好吃的去囉

例句

1 メニューを見せてください。
menyuu o misete kudasai
（請給我菜單。）

2 注文をお願いします。
chuumon o onegai shimasu
（我要點菜。）

3 お勧め料理は何ですか。
o-susume-ryoori wa nan desuka
（推薦菜是什麼？）

4 これは、どんな料理ですか。
kore wa, donna ryoori desuka
（這是什麼樣的菜？）

5 魚ですか。肉ですか。
sakana desuka.niku desuka
（是魚還是肉？）

6 デザートは、何がありますか。
dezaato wa, nani ga arimasuka
（有什麼點心？）

7 では、これにします。
dewa, kore ni shimasu
（那麼我要這個。）

8 Bコースを二つ、お願いします。
bii-koosu o futatsu, onegai shimasu
（麻煩兩個B套餐。）

料理 ＋にします。

我要 ＿＿＿＿＿。

吃好吃的去囉

·料理·

① 寿司
sushi
壽司

② 天ぷら定食
tenpura teeshoku
天婦羅套餐

③ しゃぶしゃぶ
shabushabu
涮涮鍋

④ すきやき
sukiyaki
壽喜燒

⑤ かつどん
katsudon
炸豬排

⑥ おでん
oden
關東煮

⑦ うな重
unajuu
鰻魚飯

⑧ うどん
udon
烏龍麵

⑨ ラーメン
raamen
拉麵

⑩ 手巻き
temaki
手捲

⑪ カツ丼
katsudon
豬排飯

⑫ 梅定食
ume teeshoku
梅花套餐

⑬ A コース
ee koosu
A 套餐

⑭ それ
sore
那個

＋
にします。
ni shimasu

料理 ＋にします。

我要 ＿＿＿＿。

① ピサ
piza
比薩

② スパゲッティ
supagetti
義大利麵

③ シューマイ
shuumai
燒賣

④ 焼き肉
yaki-niku
烤肉

⑤ キムチ
kimuchi
韓國泡菜

⑥ インドカレー
indo-karee
印度咖哩

⑦ 北京ダック
pekin-dakku
北京烤鴨

⑧ ステーキ
suteeki
牛排

⑨ サンドイッチ
sandoicchi
三明治

⑩ オムライス
omu-raisu
蛋包飯

⑪ それ
sore
那個

⑫ カレーライス
karee-raisu
咖哩飯

＋

にします。

ni shimasu

8 要飲料

飲料呢？

Q: お飲み物は？
o-nomimono wa

A: 飲料 +をください。

給我 ⌐ ⌐ 。

A:

飲料

① ウーロン茶
uuron-cha
烏龍茶

② 紅茶
koocha
紅茶

③ コーヒー
koohii
咖啡

④ オレンジジュース
orenji-juusu
柳橙汁

⑤ エスプレッソ
esupuresso
濃縮咖啡

⑥ カプチーノ
kapuchiino
卡布奇諾

⑦ レモンティー
remon-tii
檸檬茶

⑧ ミルクティー
miruku-tii
奶茶

⑨ アイスティー
aisu-tii
冰紅茶

⑩ セブンアップ
sebunappu
七喜

⑪ レモンサイダー
remon-saidaa
檸檬汽水

⑫ カフェオレ
kafe-ore
咖啡歐雷

⑬ コーラ
koora
可樂

⑭ ココア
kokoa
可可亞

+

をください。
o kudasai

您要甜點嗎？

Q: デザートはいかがですか？

dezaato wa ikaga desuka

甜點 ＋をください。

給我 ┊ ┊。

A:

甜點

① **プリン**
purin
布丁

② **ケーキ**
keeki
蛋糕

③ **パフェ**
pafe
聖代

④ **アイスクリーム**
aisu-kuriimu
冰淇淋

⑤ **ソフトクリーム**
sofuto-kuriimu
霜淇淋

⑥ **桜餅** (さくらもち)
sakura-mochi
日式櫻花糕點

⑦ **ようかん**
yookan
羊羹

⑧ **あんみつ**
anmitsu
紅豆蜜

⑨ **3色おはぎ** (さんしょく)
sanshoku-ohagi
三色豆沙糯米糰子

＋

をください。

o kudasai

例句

1
お飲み物は食事と一緒ですか。
o-nomi-mono wa shokuji to issho

食後ですか。
desuka. shokugo desuka

（飲料跟餐點一起上，

還是飯後送？）

2
食後にお願いします。
shokugo ni onegai shimasu

（請飯後再上。）

3
一緒にお願いします。
issho ni onegai shimasu

（麻煩一起送來。）

4
ミルクと砂糖はつけますか。
miruku to satoo wa tsukemasuka

（要附奶精跟砂糖嗎？）

5
砂糖だけ、お願いします。
satoo dake, onegai shimasu

（麻煩只要砂糖就好。）

6
グラスはいくつですか。
gurasu wa ikutsu desuka

（要幾個杯子？）

9 我們各付各的

吃好吃的去囉

例句

1 お勘定をお願いします。
okanjoo o onegai shimasu
（麻煩結帳。）

2 別々でお願いします。
betsubetsu de onegai shimasu
（我們各付各的。）

3 一緒でお願いします。
issho de onegai shimasu
（請一起結帳。）

4 このカードは使えますか。
kono kaado wa tsukaemasuka
（這張信用卡能用嗎？）

5 カードでお願いします。
kaado de onegai shimasu
（我要刷卡。）

6 一万円でお願いします。
ichiman-en de onegai shimasu
（給你一萬日圓。）

7 ご馳走様でした。
gochisoosama deshita
（謝謝您的招待。）

8 おいしかったです。
oishikatta desu
（真是好吃。）

好用單字

① 注文
chuumon
（點菜）

④ 払う
harau
（付錢）

⑦ サービス料
saabisu-ryoo
（服務費）

② 費用
hiyoo
（費用）

⑤ クレジットカード
kurejitto-kaado
（信用卡）

⑧ おつり
otsuri
（零錢）

③ 現金
genkin
（現金）

⑥ レジ
reji
（收銀台）

1 我坐電車

場所 ＋まで行きたいです。

我想到 [____]。

・場所・

① しんじゅく
新宿
shinjuku
新宿

② とうきょうわん
東京湾
tookyoo-wan
東京灣

③ だい ば
お台場
o-daiba
台場

④ とうきょう
東京タワー
tookyoo-tawaa
東京鐵塔

⑤ あさくさ
浅草
asakusa
淺草

⑥ **フジテレビ**
fuji-terebi
富士電視

⑦ しぶ や えき
渋谷駅
shibuya-eki
澀谷車站

⑧ はらじゅくえき
原宿駅
harajuku-eki
原宿車站

⑨ うえ の
上野
ueno
上野

⑩ あおやまいっちょう め
青山一丁目
aoyama-icchoome
青山一丁目

⑪ ぎん ざ
銀座
ginza
銀座

⑫ ろっぽん ぎ
六本木
ropponngi
六本木

⑬ はね だ
羽田
haneda
羽田

⑭ しながわ
品川
shinagawa
品川

＋

まで行きたいです。
made ikitai desu

例句

1 | 次の電車は何時ですか。
tsugi no densha wa nanji desuka
（下一班電車幾點？）

2 | 秋葉原駅にとまりますか。
akihabara-eki ni tomarimasuka
（秋葉原車站會停嗎？）

3 | 品川駅で乗り換えますか。
shinagawa-eki de norikaemasuka
（在品川車站換車嗎？）

4 | 次の駅はどこですか。
tsugi no eki wa doko desuka
（下一站哪裡？）

5 | どこで乗り換えますか。
doko de norikaemasuka
（在哪裡換車？）

6 | この電車は、東京に行きますか。
kono densha wa, tookyoo ni ikimasuka
（想這輛電車往東京嗎？）

7 | 赤坂まで行きたいです。
akasaka made iki tai desu
（去赤坂。）

8 | どこで降りればいいですか。
doko de orireba ii desuka
（在哪裡下車好呢？）

交通

好用單字

① 車
くるま
kuruma
（車子）

② 新幹線
しんかんせん
shinkansen
（新幹線）

③ 電車
でんしゃ
densha
（電車）

④ バス
basu
（公車）

⑤ 三輪車
さんりんしゃ
sanrinsha
（三輪車）

⑥ 連絡船
れんらくせん
renraku-sen
（渡船）

⑦ タクシー
takushii
（計程車）

⑧ パトカー
patokaa
（警車）

⑨ 消防車
しょうぼうしゃ
shooboosha
（消防車）

⑩ バイク
baiku
（機車）

⑪ 自転車
じてんしゃ
jitensha
（腳踏車）

⑫ トラック
torakku
（貨車）

⑬ 船
ふね
fune
（船）

⑭ フェリー
ferii
（遊艇）

⑮ 飛行機
ひこうき
hikooki
（飛機）

⑯ ヘリコプター
herikoputaa
（直昇機）

⑰ ボート
booto
（小船）

⑱ モノレール
monoreeru
（單軌電車）

補 人力車
じんりきしゃ
jinrikisha
（人力車）

交通

2 我坐公車

例句

1 バス停はどこですか。
basutee wa doko desuka
（公車站在哪裡？）

2 このバスは東京駅へ行きますか。
kono basu wa tookyoo-eki e ikimasuka
（這台公車去東京車站嗎？）

3 渋谷へは行きますか。
shibuya e wa ikimasuka
（有往澀谷嗎？）

4 何番のバスが行きますか。
nanban no basu ga ikimasuka
（幾號公車能到？）

5 東京駅はいくつ目ですか。
tookyoo-eki wa ikutume desuka
（東京車站在第幾站？）

6 どこで降りたらいいですか。
doko de oritara ii desuka
（在哪裡下車呢？）

7 着いたら教えてください。
tsuitara oshiete kudasai
（到了請告訴我。）

8 いくらですか。
ikura desuka
（多少錢？）

9 千円札でいいですか。
senen-satsu de ii desuka
（一千塊日幣可以嗎？）

10 こどもはいくらですか。
kodomo wa ikura desuka
（小孩多少錢？）

好用單字

① 路線図
rosenzu
（路線圖）

② 行き
iki
（往）

③ 乗車券
jooshaken
（乘車券）

④ ドア
doa
（門）

⑤ 次
tsugi
（下一站）

⑥ 優先席
yuusen-seki
（博愛座）

⑦ つり革
tsuri-kawa
（吊環）

⑧ 揺れる
yureru
（搖晃）

交通

3 我坐計程車

T2-17

場所 ＋までお願いします。

請到 ⌐ ⌐。

場所

① **プリンスホテル**
purinsu hoteru
王子飯店

② **上野駅**
ueno-eki
上野車站

③ **ここ（紙を見せる）**
koko　kami o miseru
這裡（拿紙給對方看）

④ **成田空港**
narita-kuukoo
成田機場

⑤ **六本木ヒルズ**
roppongi-hiruzu
六本木 hills

⑥ **国立博物館**
kokuritsu-hakubutsukan
國立博物館

＋

までお願いします。
made onegai shimasu

例句

1 そこまでどれくらいかかりますか。
soko made dorekurai kakarimasuka
（到那裡要花多少時間？）

2 道は、混んでいますか。
michi wa, konde imasuka
（路上塞車嗎？）

3 右に曲がってください。
migi ni magatte kudasai
（請向右轉。）

4 その先を右へ。
sono saki o migi e
（前面右轉。）

5 三つ目の角を左へ曲がってください。
mittsu-me no kado o hidari e magatte kudasai
（請在第三個轉角左轉。）

6 まっすぐ行ってください。
massugu itte kudasai
（請直走。）

7 ここでいいです。
koko de iidesu
（這裡就可以了。）

8 そこで停めてください。
soko de tomete kudasai
（請在那裡停車。）

交通

111

4 我要租車子

例句

1 車を借りたいです。
kuruma o karitai desu
（我想租車。）

2 小型の車がいいです。
kogata no kuruma ga ii desu
（小型車比較好。）

3 あちらの車を借りたいです。
achira no kuruma o kari tai desu
（我想租那一部車。）

4 保証金はいくらですか。
hoshookin wa ikura desuka
（保證金多少？）

5 保険はついていますか。
hoken wa tsuite imasuka
（有保險嗎？）

6 一日いくらですか。
ichinichi ikura desuka
（一天多少租金？）

7 車が故障しました。
kuruma ga koshoo shimashita
（車子故障了。）

8 この車を返します。
kono kuruma o kaeshimasu
（這台車還你。）

9 夕方に返します。
yuugata ni kaeshimasu
（傍晚還車。）

10 車を返却します。
kuruma o henkyaku shimasu
（我要還車。）

好用單字

① レンタカー
rentakaa
（租車）

② 国際運転免許証
kokusai-unten menkyo-shoo
（國際駕駛執照）

③ 契約書
keeyakusho
（契約書）

④ パンク
panku
（爆胎）

⑤ 注意
chuui
（注意）

⑥ 安全運転
anzen-unten
（安全開車）

⑦ 連絡先
renraku-saki
（聯絡方式）

⑧ スペアタイヤ
supea-taiya
（備胎）

交通

5 糟糕！我迷路了

例句

1
道に迷いました。
michi ni mayoi mashita
（我迷路了。）

2
駅への道を教えてください。
eki eno michi o oshiete kudasai
（請告訴我車站怎麼走？）

3
すみませんが、ちょっと教えてください。
sumimasen ga,chotto oshiete kudasai
（對不起，可以請教一下嗎？）

4
上野駅はどこですか。
ueno-eki wa doko desuka
（上野車站在哪裡？）

5
新宿は、どう行けばいいですか。
shinjuku wa, doo ikeba ii desuka
（新宿要怎麼走呢？）

6
この道をまっすぐ行ってください。
kono michi o massugu itte kudasai
（請沿這條路直走。）

7
次の信号を右に曲がってください。
tsugi no shingoo o migi ni magatte kudasai
（請在下一個紅綠燈右轉。）

8
上野駅は左側にあります。
ueno-eki wa hidarigawa ni arimsu
（上野車站在左邊。）

9
南はどちらですか。
minami wa dochira desuka
（南邊是哪一邊？）

交通

名詞 ＋は＋ 形容詞 ＋ですか？

`_____` 嗎？

名詞 は 形容詞

① 駅／遠い
eki　tooi
車站／遠

② そこ／近い
soko　chikai
那裡／近

③ その道／広い
sono michi hiroi
那條道路／寬廣

④ 行き方／難しい
iki-kata　muzukashii
前往方式／困難

⑤ 道／わかりやすい
michi　wakari yasui
道路／容易辨認

＋
ですか？
desuka

1 我想看慶典

名詞 (を…) + 動詞 +たいです。

想 ＿＿＿＿。

名詞（を…）+ 動詞・

① 花火を／見
hanabi o   mi
煙火／看

② お祭を／見
o-matsuri o   mi
慶典／看

③ ディズニーランドへ／行き
dizuniirando e   iki
迪士尼樂園／去

④ プールで／泳ぎ
puuru de   oyogi
在游泳池／游泳

⑤ 山へ／行き
yama e   iki
往山上／去

⑥ 日本料理を／食べ
nihon-ryoori o   tabe
日本料理／吃

⑦ 買い物を／し
kai-mono o   shi
購物

観光

+

たいです。
tai desu

例句

1 地図をください。
chizu o kudasai
（請給我地圖）

2 博物館は今開いていますか。
hakubutsukan wa ima aite imasuka
（博物館現在有開嗎？）

3 ここでチケットは買えますか。
koko de chiketto wa kaemasuka
（這裡可以買票嗎？）

4 みやげ物店はどこにありますか。
miyagemono-ten wa doko ni arimasuka
（名產店在哪裡？）

5 近代美術館はどこですか。
kindai-bijutsukan wa doko desuka
（近代美術館在哪裡？）

6 なにか面白いところはありますか。
nanika omoshiroi tokoro wa arimasuka
（有沒有什麼好玩的地方呢？）

7 きれいなお寺はありますか。
kiree na o-tera wa arimasuka
（有壯麗的寺廟嗎？）

8 ホテルを紹介してください。
hoteru o shookai shite kudasai
（請推薦一下飯店。）

2 我想看名勝

T2-21

名詞＋がいいです。

我要 ＿＿＿＿。

・名詞・

① 歴史めぐり
rekishi-miguri
歴史巡遊

② 美術館めぐり
bijutsukan-meguri
美術館巡遊

③ 名所めぐり
meesho-meguri
名勝巡遊

④ 一日コース
ichinichi koosu
一日行程

⑤ 午後コース
gogo koosu
下午行程

⑥ 半日コース
hannichi-koosu
半天行程

観光

+

がいいです。
ga ii desu

例句

1 食事は付きますか。
shokuji wa tsukimasuka
（有附餐嗎？）

2 出発は何時ですか。
shuppatsu wa nanji desuka
（幾點出發？）

3 何時に戻りますか。
nanji ni modorimasuka
（幾點回來？）

4 どこに集まればいいですか。
doko ni atsumareba ii desuka
（在哪裡集合呢？）

5 中国語のガイドはいますか。
chuugoku-go no gaido wa imasuka
（有中文導遊嗎？）

6 英語のガイドはいますか。
eego no gaido wa imasuka
（有英文導遊嗎？）

7 どんなところに行きますか。
donna tokoro ni ikimasuka
（要到什麼地方呢？）

8 どれが面白いですか。
dore ga omoshiroi desuka
（哪個有趣呢？）

3 這裡可以拍照嗎？

名詞 ＋を＋ 動詞 ＋もいいですか。

可以 [_____] 嗎？

名詞＋を。＋動詞。

① 写真／撮って
shashin totte
相片／照

② タバコ／吸って
tabako sutte
煙／抽

③ 箱／開けて
hako akete
箱子／打開

④ これ／触って
kore sawatte
這個／觸摸

⑤ 声／出して
koe dashite
聲音／放出

⑥ ビデオ／撮って
bideo totte
V8／拍攝

＋

もいいですか。
mo ii desuka

例句

1 写真を撮っていただけますか。
shashin o totte itadakemasuka
（可以幫我拍照嗎？）

2 ここを押すだけです。
koko o osu dake desu
（只要按這裡就行了。）

3 一緒に写真を撮ってもいいですか。
issho ni shashin o tottemo ii desuka
（可以一起照張相嗎？）

4 もう一枚お願いします。
moo ichimai onegai shimasu
（麻煩再拍一張。）

5 あれと一緒に撮ってください
are to isho ni totte kudasai
（請把那個一起拍進去。）

4 這建築物真棒

/////////////////

形容詞 + 名詞 + ですね。

[　　　]啊！

・形容詞＋名詞・

① 素敵な／絵
suteki na　e
很棒的／畫

② 綺麗な／着物
kiree na　kimono
很漂亮的／和服

③ 立派な／彫刻
rippa na chookoku
雄偉的／雕刻

④ 大きな／像
ooki na　zoo
大的 雕像

⑤ すごい／建物
sugoi　tatemono
很棒的／建築物

⑥ すばらしい／作品
subarasii　sakuhin
很棒的／作品

⑦ 美しい／陶器
utsukushi　tooki
美麗的／陶瓷器皿

+

ですね。
desune

例句
///////////

1 入場料はいくらですか。
nyuujooryoo wa ikura desuka
（入場費多少？）

2 館内ガイドはいますか。
kannai gaido wa imasuka
（有館內導遊服務嗎？）

3 何時に閉館ですか。
nanji ni heekan desuka
（幾點休館？）

4 こどもはいくらですか。
kodomo wa ikura desuka
（小孩多少錢？）

5 中国語の説明はありますか。
chuugokugo no setsumee wa arimasuka
（有中文説明嗎？）

6 絵葉書がほしいです。
e-hagaki ga hoshii desu
（我要風景明信片。）

観光

5 給我大人二張

名詞 + 數量 + お願いします。

給我 ___ 。

名詞＋數量

① 大人／十枚
おとな　じゅうまい
otona　juumai
大人／十張

② 大人／二枚
おとな　にまい
otona　nimai
成人／兩張

③ 学生／一枚
がくせい　いちまい
gakusee　ichimai
學生／一張

④ こども／二枚
にまい
kodomo　nimai
小孩／兩張

⑤ 中学生／三枚
ちゅうがくせい　さんまい
chuugakusee　sanmai
中學生／三張

+

お願いします。
ねが
onegai shimasu

観光

例句

○

1 チケット売り場はどこですか。
う　ば
chiketto uriba wa doko desuka
（售票處在哪裡？）

2 学生割引はありますか。
がくせいわりびき
gakusee waribiki wa arimasuka
（學生有折扣嗎？）

3 １階の席がいいです。
いっかい　せき
ikkai no seki ga ii desu
（我要一樓的位子。）

4 もっと安い席はありますか。
やす　せき
motto yasui seki wa arimasuka
（有沒有更便宜的座位？）

×

5 どの席が見やすいですか。
せき　み
dono seki ga miyasui desuka
（坐哪個位子比較好觀看呢？）

6 一枚いくらですか。
いちまい
ichimai ikura desuka
（一張多少錢？）

7 三枚ください。
さんまい
sanmai kudasai
（請給我三張。）

8 学生一枚、お願いします。
がくせいいちまい　ねが
gakusee ichimai onegai shimasu
（麻煩學生票一張。）

118

6 我想聽演唱會

T2-25

名詞 ＋を見たいです。

我想看 ＿＿＿＿ 。

名詞

① **コンサート**
konsaato
音樂會

② **映画（えいが）**
eega
電影

③ **オペラ**
opera
歌劇

④ **歌舞伎（かぶき）**
kabuki
歌舞伎

觀光

＋

を見（み）たいです。
o mitai desu

例句

1 今（いま）、人気（にんき）のある映画（えいが）は何（なん）ですか。
ima,ninki no aru eega wa nan desuka
（目前受歡迎的電影是哪一部？）

2 いつまで上演（じょうえん）していますか。
itsumade jooen shite imasuka
（會上映到什麼時候？）

3 次（つぎ）の上映（じょうえい）は何時（なんじ）ですか。
tsugi no jooee wa nanji desuka
（下一場幾點上映？）

4 何分前（なんぶんまえ）に入（はい）りますか。
nanpun-mae ni hairimasuka
（幾分前可以進場？）

5 バレエの上演（じょうえん）は何時（なんじ）ですか。
baree no jooen wa nanzi desuka
（芭蕾舞幾點開演？）

6 休憩（きゅうけい）はありますか。
kyuukee wa arimasuka
（中間有休息嗎？）

7 中（なか）でジュースを飲（の）んでいいですか。
naka de juusu o nonde ii desuka
（裡面可以喝果汁飲料嗎？）

7 唱卡拉 OK 去囉

數量 ＋いくらですか。

_____ 多少？

數量

① 一時間（いちじかん）
ichijikan
一小時

② 一人（ひとり）
hitori
一個人

③ 30分（さんじゅっぷん）
sanjuppun
30 分鐘

④ こども／一人（ひとり）
kodomo hitori
小孩／一個人

⑤ ジュース／一つ（ひとつ）
juusu hitotsu
果汁／一瓶

+

いくらですか。
ikura desuka

例句

1
カラオケに行（い）きましょう。
karaoke ni ikimashoo
（去唱卡拉 OK 吧！）

2
基本料金（きほんりょうきん）はいくらですか。
kihon-ryookin wa ikuradesuka
（基本消費多少？）

3
延長（えんちょう）はできますか。
enchoo wa dekimasuka
（可以續唱嗎？）

4
リモコンはどうやって使（つか）いますか。
rimokon wa doo yatte tsukaimasuka
（遙控器如何使用？）

5
どんな曲（きょく）がありますか。
donna kyoku ga arimasuka
（有什麼歌曲？）

6
私（わたし）は、テレサ・テンを歌（うた）います。
watashi wa teresa-ten o utaimasu
（我唱鄧麗君的歌。）

7
SMAP の歌（うた）を歌（うた）いたいです。
smap no uta o utai tai desu
（我想唱 SMAP 的歌。）

8
一緒（いっしょ）に歌（うた）いましょう。
issho ni utaimashoo
（一起唱吧！）

9
次（つぎ）はなににしますか。
tsugi wa nani ni shimasuka
（接下來唱什麼歌？）

観光

8 幫我算個命

T2-27

時間 ＋の＋ 名詞 ＋ はどうですか。

＿＿＿的＿＿＿如何？

① 今年／運勢
kotoshi unsee
今年／運勢

② 来年／金銭運
rainen kinsen-un
明年／財運

③ 今月／仕事運
kongetsu shigoto-un
這個月／工作運

④ 今週／愛情運
konshuu aijoo-un
這星期／愛情運勢

⑤ 来週／恋愛運
raishuu renai-un
下星期／愛情運

時間＋の＋名詞

＋

はどうですか。

wa doo desuka

観光

例句

1 1972年9月18日生まれです。
sen kyuuhyaku nanajuu ni nen kugatu juuhachinichi umaredesu
（我出生於 1972 年 9 月 18 日）

2 恋人との相性を見てください。
koibito tono aishoo o mite kudasai
（請幫我看看和男朋友合不合。）

3 いつ相手が現れますか。
itsu aite ga arawaremasuka
（什麼時候會遇到白馬王子(白雪公主)？）

4 問題は解決しますか。
mondai wa kaiketsu shimasuka
（問題能解決嗎？）

5 結婚できるでしょうか。
kekkon dekiru deshooka
（可能結婚嗎？）

6 厄年は何歳ですか。
yaku-doshi wa nansai desuka
（幾歲犯太歲？）

7 私は酉年です。
watashi wa toridoshi desu
（我是雞年生的。）

8 お守りを買えますか。
omamori o kaemasuka
（可以買護身符嗎？）

9 這附近有啤酒屋嗎？

近くに＋ 場所 ＋はありますか。

附近有 [____] 嗎？

ちか
近くに
chikaku ni

＋

・場所・

① **バー**
baa
酒吧

② **ナイトクラブ**
naito-kurabu
夜店

③ **ジャズクラブ**
jazu-kurabu
爵士酒吧

④ **クラブ**
kurabu
酒店

⑤ **一杯飲み屋**
いっぱい の や
ippai nomi-ya
小酌酒店

⑥ **居酒屋**
い ざか や
izakaya
居酒屋

⑦ **料亭**
りょうてい
ryootee
日式傳統料理店

⑧ **すし屋**
や
sushi-ya
壽司店

⑨ **屋台**
や たい
yatai
路邊攤

⑩ **ビヤホール**
biyahooru
啤酒屋

＋

はありますか。
wa arimasuka

名詞 ＋をください。

給我 ⌐ ⌐ 。

名詞

① **カクテル**
kakuteru
雞尾酒

② **ビール**
biiru
啤酒

③ **赤ワイン**
あか
aka-wain
紅葡萄酒

④ **白ワイン**
しろ
shiro-wain
白葡萄酒

⑤ **日本酒**
に ほんしゅ
nihon-shu
日本清酒

⑥ **ウィスキー**
uisukii
威士忌

⑦ **ブランデー**
burandee
白蘭地

⑧ **シャンペン**
shanpen
香濱

⑨ **ジンジャーエール**
zinjaaeeru
薑汁汽水

⑩ **おつまみ**
otsumami
小酒菜

＋

をください。
o kudasai

観光

1 女性は 2000 円です。
josee wa nisenen desu
（女性要 2000 日圓。）

2 音楽がいいですね。
ongaku ga ii desune
（音樂不錯呢。）

3 おつまみは何がいいですか。
otsumami wa nani ga ii desuka
（要什麼下酒菜？）

4 ジャズを聴くのが好きです。
jazu o kiku noga suki desu
（喜歡聽爵士樂。）

5 どんな曲をやっていますか。
donna kyoku o yatte imasuka
（演奏什麼曲子？）

6 乾杯しましょう。
kanpai shimashoo
（來吧！乾杯！）

7 ワインを飲みましょうか。
wain o nomimashooka
（喝葡萄酒吧！）

8 ラストオーダーは何時ですか。
rasutooodaa wa nanji desuka
（點菜可以點到幾點？）

観光

10 哇！全壘打

例句

1 今日は巨人の試合がありますか。
kyoo wa kyojin no shiai ga arimasuka
（今天有巨人的比賽嗎？）

2 どこ対どこの試合ですか。
doko tai doko no shiai desuka
（哪兩隊的比賽？）

3 一塁側の席を2枚ください。
ichirui-gawa no seki o nimai kudasai
（請給我兩張一壘方面的座位。）

4 ここに座ってもいいですか。
koko ni suwattemo ii desuka
（可以坐這裡嗎？）

5 サインをください。
sain o kudasai
（請簽名。）

6 あの選手を知っていますか。
ano senshu o shitte imasuka
（你知道那位選手嗎？）

7 彼は、人気がありますね。
kare wa ninki ga arimasune
（他很有人氣嘛！）

8 あ、ホームランになりました。
a,hoomuran ni narimashita
（啊！全壘打！）

9 ビールを飲みましょう。
biiru o nomimashoo
（喝杯啤酒吧！）

好用單字

① 監督 kantoku （教練）

② 三振 sanshin （三振）

③ ナイター naitaa （夜間棒球賽）

④ 野球場 yakyuu-joo （棒球場）

⑤ ピッチャー picchaa （投手）

⑥ キャッチャー kyacchaa （捕手）

⑦ バッター battaa （打者）

⑧ 盗塁 toorui （盗塁）

⑨ ホームラン hoomuran （全壘打）

觀光

125

1 我要一條裙子

衣服 ＋を探しています。

在找 _____ 。

・衣服・

① スーツ	② ワンピース	③ スカート	④ ズボン	⑤ ジーンズ
suutsu	wanpiisu	sukaato	zubon	ziinzu
西裝	連身裙	裙子	褲子	牛仔褲

⑥ Tシャツ	⑦ カジュアルなシャツ	⑧ ポロシャツ	⑨ ブラウス
t shatsu	kajuaru na shatsu	poro-shatsu	burausu
T恤	輕便襯衫	Polo襯衫	女用襯衫

⑩ セーター	⑪ ジャケット	⑫ コート	⑬ 下着 したぎ	⑭ 水着 みずぎ
seetaa	jaketto	kooto	shitagi	mizugi
毛衣	夾克	外套	內衣	泳衣

⑮ ベスト	⑯ ネクタイ	⑰ 帽子 ぼうし	⑱ ソックス	⑲ サングラス
besuto	nekutai	booshi	sokkusu	san-gurasu
背心	領帶	帽子	襪子	太陽眼鏡

＋

を探しています。さが

o sagashite imasu

例句

1 婦人服売り場はどこですか。
fujinfuku uriba wa doko desuka
（婦女服飾賣場在哪裡？）

2 こちらはいかがですか。
kochira wa ikaga desuka
（這個如何？）

3 このズボンはどうですか。
kono zubon wa doo desuka
（這條褲子如何？）

4 大きいサイズはありますか。
ookii saizu wa arimasuka
（有大號的嗎？）

5 綿のがほしいです。
men noga hoshii desu
（想要棉製品的。）

6 洗濯機で洗えますか。
sentakuki de araemasuka
（可以用洗衣機洗嗎？）

7 丈夫そうですね。
joobu soo desune
（蠻耐穿的樣子嘛！）

8 いい色ですね。
ii iro desune
（顏色不錯嘛！）

2 可以試穿一下嗎？

動詞＋もいいですか。

可以 [____] 嗎？

動詞

① **試着して**
shichakushite
試穿

② **かぶってみて**
kabutte mite
戴戴看

③ **触って**
sawatte
摸

④ **つけてみて**
tsukete mite
配戴看看

⑤ **ちょっとはおって**
chotto haotte
套套看

＋

もいいですか。
mo ii desuka

例句

1
それを見せてください。
sore o misete kudasai
（那個讓我看一下。）

2
ちょっと小さいですね。
chotto chiisai desune
（有點小呢。）

3
白いのはありませんか。
shiroi no wa arimasenka
（有沒有白色的？）

4
これは麻ですか。
kore wa asa desuka
（這是麻嗎？）

5
洗濯はドライですか。
sentaku wa dorai desuka
（需要乾洗嗎？）

6
赤いのがほしいです。
akai noga hoshii desu
（我要紅的。）

7
ちょっと派手ですね。
chotto hade desune
（太花俏了。）

8
もう少し柔らかいのはないですか。
moo sukoshi yawarakai nowa nai desuka
（有沒有再柔軟一些的？）

9
そちらも見せてください。
sochira mo misete kudasai
（那個也讓我看看。）

10
ああ、これはいいですね。
aa,kore wa ii desune
（啊呀！這個不錯嘛！）

11
気に入りました。
ki ni irimashita
（我喜歡。）

3 我要這一件

T2-32

例句

1 ちょっと長いです。
chotto nagai desu
（有點長。）

2 丈をつめられますか。
take o tsumeraremasuka
（長度可以改短一點嗎？）

3 色がいいですね。
iro ga ii desune
（顏色不錯呢。）

4 とても気に入りました。
totemo ki ni irimashita
（非常喜歡。）

5 これにします。
kore ni shimasu
（我要這個。）

6 決めました。
kimemashita
（我要買。）

7 これをいただきます。
kore o itadakimasu
（我買這個。）

8 赤いほうをください。
akai hoo o kudasai
（請給我紅色的。）

9 袖の長さを直してほしいです。
sode no nagasa o naoshite hoshii desu
（請幫我改一下袖子的長度。）

好好地瞎拼一番

① 白
しろ
shiro
（白色）

② 赤
あか
aka
（紅色）

③ 黒
くろ
kuro
（黑色）

④ 青
あお
ao
（藍色）

⑤ 緑
みどり
midori
（綠色）

⑥ 黄色
き いろ
kiiro
（黃色）

⑦ 茶色
ちゃいろ
chairo
（褐色）

⑧ グレー
guree
（灰色）

⑨ ピンク
pinku
（粉紅色）

⑩ オレンジ色
いろ
orenzi-iro
（橘黃色）

⑪ 紫
むらさき
murasaki
（紫色）

⑫ 水色
みずいろ
mizuiro
（水藍色）

⑬ ストライプ
sutoraipu
（條紋）

⑭ チェック
chekku
（格子）

⑮ 花模様
はな も よう
han-moyoo
（花卉圖案）

⑯ 無地
む じ
muzi
（沒有花紋）

⑰ 水玉
みずたま
mizutama
（水珠花樣）

好好地瞎拼一番

鞋子尺寸比較

台灣	4$^{1/2}$	5	5$^{1/2}$	6	6$^{1/2}$	7	7$^{1/2}$	8	8$^{1/2}$	9	9$^{1/2}$	10	10$^{1/2}$
日本	22	22.5	23	23.5	24	24.5	25	25.5	26	26.5	27	27.5	28

4 我要買涼鞋

鞋子 ＋がほしいです。

想要 [　　　]。

・鞋子・

① スニーカー
suniikaa
休閒鞋

② サンダル
sandaru
涼鞋

③ パンプス
panpusu
無帶淺口有跟女鞋

④ ミュール
myuuru
無後跟的女鞋

⑤ ハイヒール
haihiiru
高跟鞋

⑥ ショートブーツ
shooto-buutsu
短馬靴

⑦ トレッキングシューズ
torekkingu-shuuzu
登山鞋

⑧ ブーツ
buutsu
靴子

⑨ テニスシューズ
tenisu-shuuzu
網球鞋

⑩ 下駄(げた)
geta
木屐

＋

がほしいです。
ga hoshii desu

形容詞 ＋すぎます。

太 [　　　]。

・形容詞・

① 大(おお)き
ooki
大

② 小(ちい)さ
chiisa
小

③ 長(なが)
naga
長

④ 短(みじか)
mijika
短

⑤ きつ
kitsu
緊

⑥ ゆる
yuru
鬆

⑦ 高(たか)
taka
高

⑧ 低(ひく)
hiku
低

＋

すぎます。
sugimasu

5 就給我這一雙

形容詞の（なの）＋がいいです。

我要 ⬚⬚⬚ 。

・形容詞の（なの）・

① 丈夫なの
joobu nano
牢固、堅固的

② ヒールが高いの
hiiru ga takai no
鞋跟很高的

③ 茶色いの
chairoi no
咖啡色的

④ 小さいの
chiisai no
小的

⑤ ぴかぴかなの
pikapika nano
亮晶晶的

⑥ 白いの
shiroi no
白色的

⑦ 黒いの
kuroi no
黑的

＋

がいいです。
ga ii desu

好好地瞎拼一番

例句

1 ちょっときついです。
chotto kitsui desu
（有點緊。）

2 一番人気なのはどれですか。
ichiban ninki nano wa dore desuka
（最受歡迎的是哪一雙？）

3 ひもを調整できます。
himo o choosee dekimasu
（鞋帶可以調整的。）

4 これが今はやりです。
kore ga ima hayari desu
（這是現在流行的款式。）

5 歩きやすいですね。
aruki yasui desune
（彎好走路的。）

6 ヒールが高すぎます。
hiiru ga taka sugimasu
（鞋跟太高了。）

7 これをください。
kore o kudasai
（請給我這一雙。）

8 これに決めました。
kore ni kimemashita
（我決定買這一雙。）

6 我要買土產送人

T2-35

数量 ＋ ください。

給我 _____ 。

数量

① ひと 一つ
hitotsu
一個

② いちまい 一枚
ichimai
一張

③ いっぽん 一本
ippon
一條，瓶

④ いっこ 一個
ikko
一個

⑤ いちだい 一台
ichidai
一台

⑥ いっさつ 一冊
issatsu
一本

＋

ください。
kudasai

好好地瞎拼一番

例句

1 お土産にいいのはありますか。
omiyage ni ii nowa arimasuka
（有沒有適合送人的名產？）

2 どれが人気ありますか。
dore ga ninki arimasuka
（哪一個較受歡迎？）

3 招き猫がありますか。
maneki-neko ga arimasuka
有招財貓嗎？）

4 この饅頭をください。
kono manjuu o kudasai
（請給我這豆沙包。）

5 きれいに包んでください。
kiree ni tsutsunde kudasai
（請包漂亮一點。）

6 どれがいいと思いますか。
dore ga ii to omoimasuka
（你認為哪個好呢？）

7 このお菓子はおいしそうです。
kono okashi wa oishi soo desu
（這點心看起來很好吃。）

8 同じものを八つください。
onaji mono o yattsu kudasai
（給我同樣的東西 8 個。）

9 別々に包んでください。
betsubetsu ni tsutsunde kudasai
（請分開包裝。）

7 便宜點啦

形容詞 + してください。

請 _____ 。

① 安く
yasuku
便宜

② 早く
hayaku
快

③ 小さく
chiisaku
（弄）小

④ 持ちやすく
mochi yasuku
（弄）好提

⑤ きれいに
kiree ni
（弄）漂亮

⑥ もう少し安く
moo sukoshi yasuku
再便宜一些

+

してください。
shite kudasai

例句

1 高すぎます。
takasugimasu
（太貴了。）

2 2000円なら買います。
nisenen nara kaimasu
（2000日圓就買。）

3 1万円以内の物のがいいです。
ichimanen inai no mono no ga ii desu
（最好是1萬日圓以內的東西。）

4 それでは、いりません。
soredewa, irimasen
（那麼就不需要了。）

5 少しまけてもらえませんか。
sukoshi makete moraemasenka
（可以打一些折扣嗎？）

6 ちょっと高いですね。
chotto takai desune
（貴了一些。）

7 予算が足りません。
yosan ga tarimasen
（預算不足。）

8 また来ます。
mata kimasu
（我會再來。）

8 我要刷卡

要如何付款？

Q:お支払いはどうなさいます。
oshiharai wa doo nasaimasu

麻煩我用 ╎╌╌╌╎。

A: 名詞 +でお願いします。
de onegai shimasu

・名詞・

① **カード**
kaado
刷卡

② **現金**
genkin
現金

③ **トラベラーズチェック**
toraberaazu-chekku
旅行支票

④ **これ**
kore
這個

+

でお願いします。
de onegai shimasu

要分幾次付款？

Q: お支払い回数は？
oshiharai kaisuu wa

╎╌╌╌╌╎。

A: 次数 +です。
desu

・次数・

① **一回**
ikkai
一次

② **一括**
ikkatsu
一次付清

③ **六回**
rokkai
六次

④ **十二回**
juunikai
十二次

+

です。
desu

例句

1 レジはどこですか。
reji wa doko desuka
（在哪裡結帳？）

2 このカードは使えますか。
kono kaado wa tsukaemasuka
（能用這張信用卡嗎？）

3 ここにサインをお願いします。
koko ni sain o onegai shimasu
（請在這裡簽名。）

4 ペンはどこですか。
pen wa doko desuka
（筆在哪裡？）

5 サインは、ここですか。
sain wa koko desuka
（在這裡簽名嗎？）

6 これでいいですか。
kore de ii desuka
（這樣可以嗎？）

好好地瞎拼一番

1 我喜歡日本漫畫

日本の＋ 名詞 ＋が好きです。

我喜歡日本的 _____。

日本の
nihon no

＋

・名詞・

① お祭
まつり
omatsuri
慶典

② 庭園
ていえん
teeen
庭園

③ 漫画
まんが
manga
漫畫

④ 文化
ぶんか
bunka
文化

⑤ 習慣
しゅうかん
shuukan
習慣

⑥ ドラマ
dorama
連續劇

⑦ 着物
きもの
kimono
和服

⑧ 茶道
さどう
sadoo
茶道

⑨ 華道
かどう
kadoo
花道

⑩ 歌
うた
uta
歌

＋

が好きです。
す
ga suki desu

日本の＋ 名詞 ＋に興味があります。

對日本的 _____ 有興趣。

日本の
にほん
nihon no

＋

・名詞・

① 文化
ぶんか
bunka
文化

② 経済
けいざい
keezai
經濟

③ 芸術
げいじゅつ
geejutsu
藝術

④ 歴史
れきし
rekishi
歷史

⑤ スポーツ
supootsu
運動

⑥ 絵画
かいが
kaiga
繪畫

⑦ 陶器
とうき
tooki
瓷器

⑧ 自然
しぜん
shizen
自然

⑨ 植物
しょくぶつ
shokubutsu
植物

⑩ 演劇
えんげき
engeki
演劇、戲劇

＋

に興味があります。
きょうみ
ni kyoomi ga arimasu

2 到德島看阿波舞

場所＋で＋慶典＋があります。

在 □□□□ 有慶典。

・場所＋で＋慶典・

① 徳島／阿波踊り
とくしま あわ おど
tokushima awa-odori
德島／阿波舞

② 東京／神田祭
とうきょう かん だ まつり
tookyoo kanda-matsuri
東京／神田祭

③ 札幌／雪祭
さっぽろ ゆきまつり
sapporo yuki-matsuri
札幌／雪祭

④ 青森／ねぶた祭
あおもり まつり
aomori nebuta-matsuri
青森／驅魔祭

⑤ 京都／祇園祭
きょう と ぎ おんまつり
kyooto gion-matsuri
京都／祇園祭

⑥ 秋田／竿燈祭
あき た かんとうまつり
akita kantoo-matsuri
秋田／燈籠祭

⑦ 博多／どんたく
はか た
hakata dontaku
博多／天神祭

⑧ 仙台／七夕祭
せんだい たなばたまつり
sendai tanabata-matsuri
仙台／七夕祭

⑨ 大阪／だんじり祭
おおさか まつり
oosaka danziri-matsuri
大阪／天神祭

⑩ 兵庫／けんか祭
ひょう ご まつり
hyoogo kenka-matsuri
兵庫／打架祭

我喜歡日本文化

＋

があります。
ga arimasu

例句

1 | どんな祭ですか。
donna matsuri desuka
（是什麼樣的慶典？）

2 | いつありますか。
itsu arimasuka
（什麼時候舉行？）

3 | どうやって行きますか。
dooyatte ikimasuka
（怎麼去？）

4 | どの祭りが面白いですか。
dono matsuri ga omoshiroi desuka
（哪個祭典有趣？）

5 | 何が見られますか。
nani ga miraremasuka
（有什麼節目？）

6 | 誰でも参加できますか。
dare demo sanka dekimasuka
（任何人都能參加嗎？）

7 | きれいですか。
kiree desuka
（漂亮嗎？）

8 | 見に行きたいです。
mi ni iki tai desu
（想去看看。）

9 | 行ってみたいです。
itte mi tai desu
（想去。）

10 | 一緒に行きましょう。
issho ni ikimashoo
（一起去吧！）

11 | 来年は行きましょうね。
rainen wa ikimashoone
（明年一起去吧！）

3 日本街道好乾淨

例句

1 | 町<ruby>まち</ruby>がきれいですね。
machi ga kiree desune
（市容很乾淨。）

2 | 空気<ruby>くうき</ruby>がいいですね。
kuuki ga ii desune
（空氣很好。）

3 | 庭<ruby>にわ</ruby>の花<ruby>はな</ruby>がかわいいですね。
niwa no hana ga kawaii desune
（庭院的花很可愛。）

4 | 人<ruby>ひと</ruby>が親切<ruby>しんせつ</ruby>ですね。
hito ga shinsetsu desune
（人很親切。）

5 | 若者<ruby>わかもの</ruby>がおしゃれですね。
wakamono ga oshare desune
（年輕人很時髦。）

6 | 道<ruby>みち</ruby>が清潔<ruby>せいけつ</ruby>ですね。
michi ga seeketsu desune
（街道好乾淨喔！）

7 | 老人<ruby>ろうじん</ruby>が優<ruby>やさ</ruby>しいですね。
roozin ga yasashii desune
（老年人好親切喔！）

8 | みんな真面目<ruby>まじめ</ruby>ですね。
minna mazime desune
（大家都好認真喔！）

9 | 女性<ruby>じょせい</ruby>はスタイルがいいですね。
josee wa sutairu ga ii desune
（女性身材都好棒喔！）

10 | ファッションがすてきですね。
fasshon ga suteki desune
（穿著真有品味！）

11 | 男性<ruby>だんせい</ruby>が優<ruby>やさ</ruby>しそうですね。
dansee ga yasashi soo desune
（男人看起來蠻溫柔喔！）

12 | こどもたちは元気<ruby>げんき</ruby>ですね。
kodomo-tachi wa genki desune
（小孩們很有精神喔！）

13 | 街<ruby>まち</ruby>が賑<ruby>にぎ</ruby>やかですね。
machi ga nigiyaka desune
（街道好熱鬧喔！）

① 山 やま
yama
（山）

⑥ 田園 でんえん
denen
（田園）

② 海 うみ
umi
（海）

⑦ 草原 そうげん
soogen
（草原）

③ 川 かわ
kawa
（河川）

⑧ 港 みなと
minato
（港口）

④ 湖 みずうみ
mizuumi
（湖）

⑨ 神社 じんじゃ
jinja
（神社）

⑤ 滝 たき
taki
（瀑布）

⑩ 城 しろ
shiro
（城）

T2-41

1 唉呀！感冒了

例句

1 | 医者に行きたいです。
isha ni ikitai desu
（想去看醫生。）

2 | 医者を呼んでください。
isha o yonde kudasai
（請叫醫生來。）

3 | 救急車を呼んでください。
kyuukyuu-sha o yonde kudasai
（請叫救護車。）

4 | 病院はどこですか。
byooin wa doko desuka
（醫院在哪裡？）

5 | 診察時間は何時から何時までですか。
shinsatsu-jikan wa nanzi kara nanzi made desuka
（診療時間是幾點到幾點？）

6 | お医者さんはどこですか。
o-isha-san wa doko desuka
（醫生在哪裡？）

7 | 友だちが倒れました。
tomodachi ga taoremashita
（朋友倒下去了。）

8 | 熱があります。
netsu ga arimasu
（有點發燒。）

9 | 気分が悪いです。
kibun ga warui desu
（身體不舒服。）

① 風邪（かぜ）
kaze
（感冒）

② 心臓病（しんぞうびょう）
shinzoo-byoo
（心臟病）

③ 高血圧（こうけつあつ）
koo-ketsuatsu
（高血壓）

④ 糖尿病（とうにょうびょう）
toonyoo-byoo
（糖尿病）

⑤ 胃潰瘍（いかいよう）
ikaiyoo
（胃潰瘍）

⑥ 肺炎（はいえん）
haien
（肺炎）

⑦ 花粉症（かふんしょう）
kafun-shoo
（花粉症）

⑧ インフルエンザ
infuruenza
（流行性感冒）

⑨ ぜんそく
zenzoku
（氣喘）

⑩ 盲腸（もうちょう）（虫垂炎）（ちゅうすいえん）
moochoo(chuusuien)
（盲腸炎）

⑪ アレルギー
arerugii
（過敏）

⑫ 骨折（こっせつ）
kossetsu
（骨折）

⑬ ねんざ
menza
（挫傷）

⑭ 便秘（べんぴ）
benpi
（便秘）

生病了！

2 我有點發冷

怎麼了？

Q: どうしましたか？
doo shimashitaka

症状 ＋がします。

感到 _____ 。

A:

・症状・

① 吐き気
hakike
（想）吐

② 寒気
samuke
發冷

③ 目眩
memai
頭暈

④ 頭痛
zutsu
頭疼

⑤ 耳鳴り
miminari
耳鳴

＋

がします。
ga shimasu

身體 ＋ が痛いです。

`_____痛。`

身體				

① 頭 _{あたま}
atama
頭

② お腹 _{なか}
onaka
肚子

③ 腕 _{うで}
ude
手肘

④ 足 _{あし}
ashi
腳

⑤ 腰 _{こし}
koshi
腰部

⑥ 目 _め
me
眼睛

⑦ 耳 _{みみ}
mimi
耳朵

⑧ ひざ
hiza
膝蓋

⑨ 歯 _は
ha
牙齒

⑩ のど
nodo
喉嚨

＋

が痛いです。
いた
ga itaidesu

例句

1 咳が出ます。
せき で
seki ga demasu
（會咳嗽。）

2 気持ちが悪いです。
き も わる
kimochi ga warui desu
（不舒服。）

3 風邪を引きました。
か ぜ ひ
kaze o hikimashita
（感冒了。）

4 しゃっくりが止まりません。
と
shakkuri ga tomarimasen
（打嗝打個不停。）

5 下痢をしています。
げ り
geri o shite imasu
（拉肚子。）

6 食欲がありません。
しょくよく
shokuyoku ga arimasen
（沒有食慾。）

7 だるいです。
darui desu
（全身無力。）

8 熱があります。
ねつ
netsu ga arimasu
（發燒了。）

3 請張開嘴巴

T2-43

例句

1 横になってください。
yoko ni natte kudasai
（請躺下來。）

2 深呼吸してください。
shinkokyuu shite kudasai
（請深呼吸。）

3 この辺は痛いですか。
kono hen wa itai desuka
（這裡會痛嗎？）

4 食あたりですね。
shokuatari desune
（是食物中毒喔。）

5 服を脱いでください。
fuku o nuide kudasai
（請把衣服脱掉。）

6 気分はどうですか。
kibun wa doo desuka
（感覺如何？）

7 口を開けてください。
kuchi o akete kudasai
（請張開嘴巴。）

8 目を見せてください。
me o misete kudasai
（請讓我看看眼睛。）

9 薬を出します。
kusuri o dashimasu
（開藥方給你。）

10 薬を塗ります。
kusuri o nurimasu
（塗上藥膏。）

小小專欄

① **熱っぽい**
netsuppoi
（好像發燒）

② **だるい**
darui
（很疲倦）

③ **鼻水**
khanamizu
（流鼻水）

④ **くしゃみ**
kushami
（打噴嚏）

⑤ **せき**
seki
（咳嗽）

⑥ **腫れる**
hareru
（紅腫）

⑦ **汗**
ase
（汗）

⑧ **痛み**
itami
（疼痛）

⑨ **痰**
tan
（痰）

生病了！

4 一天吃三次藥

例句

1 薬は一日三回飲んでください。
kusuri wa ichinichi sankai nonde kudasai
（一天請服三次藥。）

2 食後に飲んでください。
shokugo ni nonde kudasai
（請在飯後服用。）

3 この軟膏を傷に塗ってくだい。
kono nankoo o kizu ni nutte kudasai
（請將這個軟膏塗抹在傷口上。）

4 アレルギーはありますか。
arerugii wa arimasuka
（會過敏嗎？）

5 熱が出たら飲んでください。
netsu ga detara nonde kudasai
（發燒時請吃這個藥。）

6 これはうがい薬です。
kore wa ugai-gusuri desu
（這是漱口用藥。）

7 抗生物質です。
koosee-busshitsu desu
（是抗生素。）

8 朝、昼、晩に飲んでください。
asa,hiru,ban ni nonde kudasai
（早中晚都要吃藥。）

9 寝る前に飲んでください。
neru mae ni nonde kudasai
（請在睡前吃藥。）

10 お風呂に入らないでくださいね。
o-furo ni hairanaide kudasaine
（請不要泡澡。）

11 薬を三日分出します。
kusuri o mikka-bun dashimasu
（我開三天份的藥。）

12 マスクをつけた方がいいです。
masuku o tsuketa hoo ga ii desu
（最好是戴上口罩。）

13 診断書をお願いします。
shindansho o onegai shimasu
（請開診斷書給我。）

14 お大事に。
odaiji ni
（請多保重。）

生病了！

1 我的護照丟了

物品 ＋をなくしました。

_____ 不見了。

物品

① クレジットカード
kurejitto-kaado
信用卡

② かばん
kaban
包包

③ 定期券
teeki-ken
月票

④ ペン
pen
筆

⑤ 部屋の鍵
heya no kagi
房間鑰匙

⑥ カメラ
kamera
相機

⑦ スーツケース
suutsu-keesu
行李箱

⑧ パスポート
pasupooto
護照

⑨ 手帳
techoo
萬用筆記本

⑩ 航空券
kookuuken
機票

＋

をなくしました。
o nakushimashita

場所 ＋に＋ 物 ＋を忘れました。

把 _____ 忘在 _____ 了。

場所＋に＋物

① 電車／荷物
densha nimotsu
電車／行李

② 部屋／鍵
heya kagi
房間／鑰匙

③ タクシー／パソコン
takushii pasokon
計程車／電腦

④ バス／バッグ
basu baggu
公車／皮包

⑤ ホテル／みやげ物
hoteru miyage-mono
飯店／名產

⑥ 食堂／財布
shokudoo saifu
餐廳／錢包

⑦ 金庫／パスポート
kinko pasupooto
保險箱／護照

＋

を忘れました。
o wasuremashita

糟糕！怎麼辦！

2 我錢包被偷了

物品 ＋を盗まれました。

┌──────┐ 被偷了。

物品：

① 財布（さいふ）
saifu
錢包

② クレジットカード
kurejitto-kaado
信用卡

③ スーツケース
suutsu-keesu
行李箱

④ 指輪（ゆびわ）
yubiwa
戒指

⑤ キャッシュカード
kyasshu-kaado
金融卡

⑥ お金（かね）
o-kane
金錢

⑦ 荷物（にもつ）
nimotsu
行李

⑧ ネックレス
nekkuresu
項鍊

⑨ ノートパソコン
nooto-pasokon
筆記型電腦

⑩ 腕時計（うでどけい）
ude-dokee
手錶

＋

を盗（ぬす）まれました。
o nusumaremashita

糟糕！怎麼辦！

犯人は＋ 人 ＋です。

犯人是 _____ 。

はんにん
犯人は
hannin wa

＋

人

① 若い男
わか　おとこ
wakai otoko
年輕男性

② 背の低い男
せ　ひく　おとこ
se no hikui otoko
矮個子的男性

③ 髪の長い女
かみ　なが　おんな
kami no nagai onna
長髮的女性

④ めがねをかけた女
おんな
megane o kaketa onna
帶著眼鏡的女性

⑤ めがねをかけた男
おとこ
megane o kaketa otoko
戴眼鏡的男人

⑥ 四十代の女
よんじゅうだい　おんな
yonjuu-dai no onna
四十幾歲的女人

⑦ 若い女
わか　おんな
wakai onna
年輕女生

⑧ 痩せた男
や　おとこ
yaseta otoko
瘦瘦的男人

⑨ 太った女
ふと　おんな
futotta onna
胖的女人

⑩ 帽子をかぶった女
おんな
booshi o kabutta onna
戴著帽子的女人

⑪ 青い背広の男
あお　せびろ　おとこ
aoi sebiro no otoko
穿青色西裝的男人

⑫ 髭のある男
ひげ　おとこ
hige no aru otoko
有鬍子的男人

＋

です。
desu

3 太好了！找到了！

例句

1 落し物をしました。
otoshimono o shimashita
（東西弄丟了。）

2 黒いかばんです。
kuroi kaban desu
（是黑色包包。）

3 財布とカードが入っています。
saifu to kaado ga haitte imasu
（裡面有錢包和信用卡。）

4 カード会社に電話してほしいです。
kaado-gaisha ni denwashite hoshii desu
（希望能幫我打電話給發卡公司。）

5 紛失届けを書いてください。
funshitsu-todoke o kaite kudasai
（請填寫遺失表格。）

6 どうしたらいいでしょう。
doo shitara ii deshoo
（怎麼辦好？）

7 お金を全部取られました。
o-kane o zenbu toraremashita
（錢全部被拿去了。）

8 パスポートがありません。
pasupooto ga arimasen
（護照不見了。）

9 10万円ぐらい入っていました。
juuman-en gurai haitte imashita
（大概有十萬日圓在裡面。）

10 あった。あった。
atta. atta
（太好了，找到了。）

好用單字

① 警察
keesatsu
（警察）

② 身分証明書
mibun-shoomeesho
（身分證）

③ パスポート
pasupooto
（護照）

④ キャッシュカード
kyasshu-kaado
（金融卡）

⑤ 連絡
renraku
（聯絡）

⑥ 届け
todoke
（申請[書]）

⑦ 泥棒
doroboo
（小偷）

⑧ 紛失
funshitsu
（遺失）

⑨ 再発行
sai-hakkoo
（補發）

糟糕！怎麼辦！

150

附錄

基本單字

////////////

① **數字（一）**

1	1（いち）	ichi
2	2（に）	ni
3	3（さん）	san
4	4（よん／し）	yon/ shi
5	5（ご）	go
6	6（ろく）	roku
7	7（なな／しち）	nana/ shichi
8	8（はち）	hachi
9	9（く／きゅう）	ku/ kyuu
10	10（じゅう）	juu
11	11（じゅういち）	juuichi
12	12（じゅうに）	juuni
13	13（じゅうさん）	juusan
14	14（じゅうよん／じゅうし）	juuyon/ juushi
15	15（じゅうご）	juugo
16	16（じゅうろく）	juuroku
17	17（じゅうしち／じゅうなな）	juushichi/ juunana
18	18（じゅうはち）	juuhachi
19	19（じゅうく／じゅうきゅう）	juuku/ juukyuu
20	20（にじゅう）	nijuu
30	30（さんじゅう）	sanjuu
40	40（よんじゅう）	yonjuu
50	50（ごじゅう）	gojuu
60	60（ろくじゅう）	rokujuu
70	70（ななじゅう）	nanajuu

80	80（はちじゅう）	hachijuu
90	90（きゅうじゅう）	kyuujuu
100	100（ひゃく）	hyaku
101	101（ひゃくいち）	hyakuichi
102	102（ひゃくに）	hyakuni
103	103（ひゃくさん）	hyakusan
200	200（にひゃく）	nihyaku
300	300（さんびゃく）	sanbyaku
400	400（よんひゃく）	yonhyaku
500	500（ごひゃく）	gohyaku
600	600（ろっぴゃく）	roppyaku
700	700（ななひゃく）	nanahyaku
800	800（はっぴゃく）	happyaku
900	900（きゅうひゃく）	kyuuhyaku
1000	1000（せん）	sen
2000	2000（にせん）	nisen
5000	5000（ごせん）	gosen
10000	10000（いちまん）	ichiman

② 數字（二）

一個	一つ	hitotsu
二個	二つ	futatsu
三個	三つ	mittsu
四個	四つ	yottsu
五個	五つ	itsutsu
六個	六つ	muttsu

七個	七つ (なな)	nanatsu
八個	八つ (やっ)	yattsu
九個	九つ (ここの)	kokonotsu
十個	十 (とお)	too
幾個	いくつ	ikutsu

③ 月份

一月	一月 (いちがつ)	ichi-gatsu
二月	二月 (にがつ)	ni-gatsu
三月	三月 (さんがつ)	san-gatsu
四月	四月 (しがつ)	shi-gatsu
五月	五月 (ごがつ)	go-gatsu
六月	六月 (ろくがつ)	roku-gatsu
七月	七月 (しちがつ)	shichi-gatsu
八月	八月 (はちがつ)	hachi-gatsu
九月	九月 (くがつ)	ku-gatsu
十月	十月 (じゅうがつ)	juu-gatsu
十一月	十一月 (じゅういちがつ)	juuichi-gatsu
十二月	十二月 (じゅうにがつ)	juuni-gatsu
幾月	何月 (なんがつ)	nan-gatsu

④ 星期

星期日	日曜日 (にちようび)	nichi-yoobi
星期一	月曜日 (げつようび)	getsu-yoobi
星期二	火曜日 (かようび)	ka-yoobi
星期三	水曜日 (すいようび)	sui-yoobi
星期四	木曜日 (もくようび)	moku-yoobi
星期五	金曜日 (きんようび)	kin-yoobi
星期六	土曜日 (どようび)	do-yoobi

| 星期幾 | 何曜日 <small>なんようび</small> | nan-yoobi |

⑤ 時間

一點	一時 <small>いちじ</small>	ichi-ji
兩點	二時 <small>にじ</small>	ni-ji
三點	三時 <small>さんじ</small>	san-ji
四點	四時 <small>よじ</small>	yo-ji
五點	五時 <small>ごじ</small>	go-ji
六點	六時 <small>ろくじ</small>	roku-ji
七點	七時 <small>しちじ</small>	shichi-ji
八點	八時 <small>はちじ</small>	hachi-ji
九點	九時 <small>くじ</small>	ku-ji
十點	十時 <small>じゅうじ</small>	juu-ji
十一點	十一時 <small>じゅういちじ</small>	juuichi-ji
十二點	十二時 <small>じゅうにじ</small>	juuni-ji
一點十五分	一時十五分 <small>いちじじゅうごふん</small>	ichi-ji juugo-fun
一點三十分	一時三十分 <small>いちじさんじゅっぷん</small>	ichi-ji sanju-ppun
一點四十五分	一時四十五分 <small>いちじよんじゅうごふん</small>	ichi-ji yonjuugo-fun
兩點十五分	二時十五分 <small>にじじゅうごふん</small>	ni-ji juugo-fun
兩點半	二時半 <small>にじはん</small>	ni-ji han
兩點四十五分	二時四十五分 <small>にじよんじゅうごふん</small>	ni-ji yonjuugo-fun
三點半	三時半 <small>さんじはん</small>	san-ji han
四點半	四時半 <small>よじはん</small>	yo-ji han
五點半	五時半 <small>ごじはん</small>	go-ji han
六點十五分前	六時十五分前 <small>ろくじじゅうごふんまえ</small>	roku-ji juugo-fun mae
七點整	七時ちょうど <small>しちじ</small>	shichi-ji choodo
八點過五分	八時五分過ぎ <small>はちじごふんす</small>	hachi-ji go-fun sugi
幾點幾分	何時何分 <small>なんじなんぷん</small>	nan-ji na-pun

日本文化

① 文化及社會

花道	華道 かどう	kadoo
藝術	芸術 げいじゅつ	geejutsu
藝能	芸能 げいのう	geenoo
香道	香道 こうどう	koodoo
茶道	茶道 さどう	sadoo
盆栽	盆栽 ぼんさい	bonsai
盆石、盆景	盆石 ぼんせき	bonseki
日本歌舞伎	歌舞伎 かぶき	kabuki
能樂	能楽 のうがく	noogaku

② 日本慶典

成人儀式	成人式 せいじんしき	seejin-shiki
綠色紀念日	緑の日 みどり ひ	midori no hi
盂籃節	お盆祭り ぼんまつ	o-bon-matsuri
七夕	七夕祭り たなばたまつ	tanabata-matsuri
煙火節	花火祭り はな び まつ	hanabi-matsuri
新年	お正月 しょうがつ	o-shoogatsu
敬老節	敬老の日 けいろう ひ	keeroo no hi
憲法節	憲法の日 けんぽう ひ	kenpoo no hi
體育節	体育の日 たいいく ひ	taiiku no hi
祇園祭典	祇園祭り ぎ おんまつ	gion-matsuri
扛神轎	御神輿 お みこし	o-mikoshi
盛岡SANSA舞蹈	盛岡さんさ踊り もりおか おど	morioka sansa-odori
草津溫泉節	草津温泉祭 くさつ おんせんまつり	kusatsu onsen-matsuri
江之島煙火大會	江の島花火大会 え しまはな び たいかい	enoshima hanabi-taikai

萬燈節	方灯祭 まんとうまつり	mantoo-matsuri
燈籠祭典	竿燈まつり かんとう	kantoo-matsuri
青森驅魔祭	青森ねぶた祭 あおもり まつり	aomori nebuta-matsuri
WASSHOI百萬夏日節	わっしょい百万夏まつり ひゃくまんなつ	wasshoi hyakumanatsu-matsuri
火之國節	火の国まつり ひ くに	hinokuni-matsuri

③ 日本街道

工商業集中地區	下町 したまち	shitamachi
日本橋	日本橋 に ほんばし	nihon-bashi
和服商店	呉服屋 ご ふくや	gofuku-ya
日式點心店	和菓子屋 わ が し や	wagashi-ya
便當店	弁当屋 べんとう や	bentoo-ya
便利商店	コンビニ	konbini
藥房	薬屋 くすり や	kusuri-ya
魚店	魚屋 さかな や	sakana-ya
肉店	肉屋 にく や	niku-ya
蔬果菜店	八百屋 や お や	yao-ya
商店街	商店街 しょうてんがい	shooten-gai
歌舞伎町	歌舞伎町 か ぶ き ちょう	kabuki-choo
道路	通り とお	toori
一號街	一番町 いちばんちょう	ichiban-choo
古街	古道 こ どう	kodoo
史蹟	史跡 し せき	shiseki
散步指南	ウォーキングの案内 あんない	uookingu no annai
街道地圖	町マップ まち	machi-mappu

邊玩邊說
旅遊日語 [25K ＋MP3]

///

【私房教學 11】

■ 發行人／林德勝

■ 著者／西村惠子

■ 出版發行／山田社文化事業有限公司
  地址　臺北市大安區安和路一段112巷17號7樓
  電話　02-2755-7622　02-2755-7628
  傳真　02-2700-1887

■ 郵政劃撥／19867160號　大原文化事業有限公司

■ 總經銷／聯合發行股份有限公司
  地址　新北市新店區寶橋路235巷6弄6號2樓
  電話　02-2917-8022
  傳真　02-2915-6275

■ 印刷／上鎰數位科技印刷有限公司

■ 法律顧問／林長振法律事務所　林長振律師

■ 書 + MP3／定價　新台幣 320 元

■ 初版／2018年 05 月